Die drei ???®

Die drei ???®
und der verschollene Pilot

erzählt von Ben Nevis

Kosmos

Umschlagillustration von Silvia Christoph, Berlin
Umschlaggestaltung von eStudio Calamar, Girona, auf der Grundlage der Gestaltung von Aiga Rasch (9. Juli 1941 – 24. Dezember 2009)

FSC
www.fsc.org
MIX
Papier aus verantwortungsvollen Quellen
FSC® C014138

Gedruckt auf chlorfrei gebleichtem Papier

ISBN 978-3-440-12693-6
Redaktion: Anja Herre, Martina Zierold
Lektorat: Michael Kühlen
Produktion: DOPPELPUNKT, Stuttgart
Printed in the Czech Republic/Imprimé en République tchèque

Die drei ???®

und der verschollene Pilot

Begegnung im Nebel

Je höher sie kamen, desto dichter wurde der Nebel. Die unzähligen Serpentinen der Aunella Mountains erschwerten das Fahren noch. Peter steuerte in die nächste Kurve und sah erst im letzten Moment, wie er trotz aller Vorsicht plötzlich auf den Straßenrand zuschoss. »Pass doch auf!«, brüllte Justus, der neben ihm saß und mit starrem Blick aus dem Fenster sah. »Auf meiner Seite geht es einfach nur runter! Noch ein paar Zentimeter und wir sind Geschichte!«
Mit einer harten Lenkbewegung gelang es Peter, das Auto auf der Straße zu halten. Zumindest hoffte er das, denn im dichten Nebel konnte er nur wenige Meter weit sehen. Zudem brach jetzt die Dämmerung herein und alles verschwamm immer mehr in einer düsteren, milchigen Wand.
Peter fluchte. Er war übermüdet, seine Augen brannten. Es war Zeit, endlich anzukommen. Aber er sah ein: Erzwingen ließ sich das nicht. »Du hast recht, Justus. Es ist sicherer, wenn ich langsam fahre.« Der Zweite Detektiv streckte die Arme, drückte sich zurück in den Sitz und drosselte das Tempo des Wagens.
Es war ein schöner Chrysler etwas älteren Datums, der langsam den Charme eines Oldtimers bekam. Der frühere Besitzer hatte ihn kaum gefahren. Ein Bekannter von Onkel Titus hatte das Auto dann vor Kurzem gekauft und aus alter Freundschaft hatte Onkel Titus an dem Wagen einige Schönheitsreparaturen übernommen. Justus, Peter und Bob hatten sich bereit erklärt, den Chrysler an den neuen Besitzer zu überführen. Dazu musste sie Onkel Titus nicht lange überreden: Da Ferien waren, wollten sie die Fahrt nutzen und noch ein paar sonnige Tage an einem Bergsee verbringen.

Besonders Peter hatte sich auf den Trip gefreut. Denn Kelly, seine Freundin, war mit ein paar Freundinnen in einem Camp in den Bergen. Der Biologielehrer hatte den Ausflug organisiert. In der Gegend gab es seltene subtropische Pflanzen und Tiere.

Sie waren frühmorgens bei strahlendem Sonnenschein in Rocky Beach losgefahren. Doch in den Bergen waren die Jungen in einen Wetterumschwung gekommen. Von Sonne, See und Mädchen war jetzt keine Rede mehr. Stattdessen quälten sich die drei ??? mit vielleicht zwanzig Stundenkilometern den Berg hinauf.

Es war wie in einer anderen Welt. Immer wieder tauchten im Nebel Schatten auf wie Traumbilder. Bäume und Felsen wurden zu unwirklichen Schemen. »Hoffentlich kommt uns kein anderes Auto entgegen«, sagte Peter und fuhr sich mit der Hand durch die Haare. »Das würde ich erst im letzten Moment sehen.«

»So einsam, wie es hier ist, ist das eigentlich nicht zu befürchten«, meldete sich Bob von hinten. Schon seit über einer Stunde kaute er einen Kaugummi, der den Geschmack längst verloren hatte. »Peter, du kommst dauernd auf die Gegenspur. Soll ich mal ans Steuer?«

»Gerne. Mir reicht's langsam! Ich fürchte, dass wir uns längst verfahren haben!« Missmutig lenkte Peter den Wagen an den Straßenrand, stellte den Motor ab und stieg aus. Feuchte, kalte Luft empfing ihn. Es roch nach Wald und Nässe. Alles war totenstill. »So ein Mist! Ich will endlich an den Bergsee!«, rief er und durchquerte das Scheinwerferlicht. »Außerdem muss ich mal.«

Auch Bob kletterte aus dem Wagen und streckte sich. »Konnte ja auch keiner ahnen, dass wir uns mit so einer blöden Straßensperre rumschlagen mussten! Die hat uns viel Zeit gekostet. In die Arme von Kelly kommt Peter heute bestimmt nicht mehr. Am besten wir übernachten hier irgendwo! Hast du einen Vorschlag, Justus?«

Nach wie vor saß der Erste Detektiv auf dem Beifahrersitz. Jetzt, wo der Wagen stand, konnte er endlich in Ruhe die Straßenkarte studieren, ohne dass ihm von den Kurven schlecht wurde. »Ein Abend ohne Kelly ist doch mal eine positive Nachricht«, verkündete er und fuhr in seiner manchmal umständlichen Ausdrucksweise fort: »Die allerdings unsere unerquickliche Situation zu entschärfen nicht imstande ist … Oh! Da ist in der Gegend ein Hotel eingezeichnet! Wenn wir Glück haben, gibt es das noch. Die Karte lag nämlich schon ein paar Jahre in Onkel Titus' Archiv.«

»Geht es etwas genauer als ›in der Gegend‹?«, fragte Bob.

»Noch ein gutes Stück weiter hoch. Dann geht eine Straße nach Süden ab. Ich hoffe, dass wir die in dieser weißen Suppe nicht übersehen. Kommt endlich wieder rein, es ist eiskalt!«

Bob setzte sich auf den Fahrersitz. Auch Peter war wieder zurück und machte es sich auf der Rückbank bequem. »Im nächsten Ort checken wir in der erstbesten Hamburgerbude ein«, schlug er vor. »Ich bestelle gleich vier Stück!«

»Es gibt so schnell keinen nächsten Ort«, sagte Bob. »Genau deshalb fahren wir hier doch hier lang. Justus wollte die Einsamkeit genießen und die Natur studieren!«

»Jetzt bin ich schuld, oder was?«, fragte Justus. »Peter, du wolltest doch Kelly überraschen. Und du, Bob: am See liegen und eine Kiste Bücher lesen?«

»Hör endlich mal mit Kelly auf!«, sagte Peter. »Ich will gar nicht dran denken. Bestimmt hat sie sich längst in ihren Gruppenleiter verliebt und die beiden –«

»Haha! Ich wusste es doch!«, triumphierte Bob. »Du bist eiiiiifersüchtig, Peter, so was von eiiiiifersüchtig!«

»Halt bloß die Klappe! Und was ist mit Lesley?«
»Was soll das heißen, Peter?«
Justus stöhnte auf. »Könnt ihr nicht mal aufhören? Bob, man muss den Zündschlüssel rumdrehen, dann springt der Motor an! Und wenn er läuft, kann man sogar losfahren!«
»Danke für den Hinweis.« Bob schüttelte den Kopf und startete den Wagen. Schweigend ging es weiter. Justus traute sich nicht, aus dem Seitenfenster zu sehen. Konzentriert starrte er vor sich auf die Straße, in jeder Sekunde darauf vorbereitet, Bob zu warnen, falls er etwas übersah. Der Nebel wurde dichter und dichter. Vor jeder Kurve musste Bob so stark abbremsen, dass der Chrysler fast zum Stillstand kam. Plötzlich gab es unter dem rechten Vorderrad einen Schlag.
»Was war das?«, rief Bob erschrocken. »Hab ich was überfahren? Aber ich habe doch nichts gesehen!«
»Hoffentlich kein Tier«, sagte Justus. »Oder was Schlimmeres.«
Bob stoppte den Wagen und sie blickten durch das Rückfenster. Doch der Nebel verschluckte alles.
»Ich geh mal nachschauen«, sagte Bob. »Bleibt ihr im Auto, sicher ist sicher.« Er öffnete die Autotür und stieg aus. Justus und Peter starrten ihm nach. Nach wenigen Metern war Bob im Dunst verschwunden.
Sie warteten. Bob hatte die Tür nicht ganz verschlossen und es zog kalt herein. Ein Vogel schrie.
»Ich finde das unheimlich«, fragte Peter. »Was ist, wenn das alles eine Falle ist? Wenn uns jemand was tut? Es ist so einsam hier. Hier gibt's keine Zeugen, keine Hilfe, hier sieht man nichts!«
Justus öffnete ebenfalls die Tür. »Jetzt aber halblang. Ich gehe mal nachsehen. Mach du die Zentralverriegelung zu.«
Mit einem seltsamen Gefühl zog Peter die Fahrertür zu und

verriegelte das Auto von innen. Er wusste, er war anfällig für gespenstische Stimmungen, doch er konnte sich nicht dagegen wehren. Vor seinem inneren Auge tauchten Monster auf, die sich aus dem Nebel lösten und um den Wagen herumschlichen. Sie wurden zu schwer bewaffneten Verbrechern, denen die Verriegelung egal war, weil sie mit ihren Waffen einfach die Seitenscheibe einschlugen.
Um sich abzulenken, zog Peter sein Handy hervor. Vielleicht konnte er schnell noch Kelly anrufen. Doch ein Blick genügte: kein Empfang hier in den Bergen! Einen Moment lang starrte er ausdruckslos auf das Display, als ob es sich noch einmal anders entscheiden könnte.
Als jemand gegen die Tür klopfte, erschrak Peter fast zu Tode. »Mach auf, Peter!« Es war Justus. »Da war nichts! Nur abgerutschte Erde und Gras!« Auch Bob tauchte auf und fasste den Türgriff zur Fahrertür. »Beeil dich, Peter, es ist verdammt ungemütlich hier draußen!«
Peter beugte sich vor und wollte die Tür entriegeln. In diesem Moment vernahm er ein Geräusch. Der Motor war schon zu hören, doch erst im allerletzten Moment drangen die Scheinwerfer durch den Nebel. Bob drückte sich eng an das Auto. Bremsen quietschten, ein dunkler Pick-up schob sich von hinten neben den Chrysler. Jemand in einer schwarzen Lederjacke beugte sich zum Seitenfenster und ließ es ein Stück herunter. Peter konnte den Fahrer nicht genau erkennen: Wirre weiße Haare, eine faltiges Gesicht, im Mundwinkel hing eine erloschene Zigarettenkippe, mehr sah er nicht. »Gefährlich, hier zu parken!«, sagte der Mann. Er hatte eine hohe, singende Stimme. »Fast hätte ich euch von der Straße geschoben! Habt ihr euch … verfahren?«
»Wir …«, begann Justus, »wir suchen ein Hotel. Da muss eins in der Nähe sein.«

»Ah, ihr meint wohl das ›King of the Mountain‹! Da wollt ihr also hin … Ich weiß, wo das ist. Ich wohne nämlich hier, in der Gegend, schon lange …« Der Mann unterbrach sich, seltsam kichernd. »Na gut, wie ihr meint. Es liegt auf meinem Weg, ja, genau auf meinem Weg! Und sagt dem alten Fynch, er soll endlich aufgeben! Ja? Sagt ihm das, es ist so sinnlos, alles … Folgt mir am besten, sonst landet ihr noch als Bärenfutter in einer der Schluchten!« Er kicherte wieder, schloss das Fenster und gab Gas.
»Los, hinterher!«, rief Justus. Peter öffnete die Verriegelung und seine Freunde stiegen rasch ein. Die Rücklichter des anfahrenden Pick-ups waren schon fast wieder im Nebel verschwunden, doch nach wenigen Metern hatte Bob den Wagen eingeholt und klemmte sich hinter ihn. Der merkwürdige Mann fuhr ziemlich schnell. Er schien jede Kurve zu kennen. Bob hatte Mühe, nicht den Anschluss zu verlieren.
»Mir gefällt der Typ nicht«, sagte Peter. »Was hat der für seltsames Zeug geredet? Wir sind dem doch vollkommen ausgeliefert! Der kann uns sonst wohin locken und was Übles mit uns anstellen!«
»Besser, als in den Straßengraben zu fahren«, sagte Bob, der froh war, nicht mehr so angestrengt auf den Weg achten zu müssen. »Außerdem sind wir zu dritt.«
Die Fahrt verlief so schnell, dass ihnen von den abrupten Richtungswechseln fast schlecht wurde. Es war Nacht geworden. Immer wieder drohten die Rücklichter des Pick-ups im Nebel zu verschwinden. Sie tanzten vor ihnen wie zwei kleine Irrlichter. Inzwischen fuhren sie durch einen dichten Wald. Die beiden Autos passierten eine Brücke, die Holzbohlen klackerten laut unter den Rädern. Längst hatte Justus es aufgegeben, ihren Weg auf der Karte zu verfolgen.
Immer noch hielt der Pick-up sein Tempo. »Wir müssten

doch längst da sein«, rief Peter. Inzwischen war die Straße nur noch einspurig und der Wagen hüpfte krachend von Schlagloch zu Schlagloch. »Eine Hotelzufahrt sieht anders aus«, sagte Peter. »Bob, sollen wir nicht besser anhalten?«
»Ich weiß nicht«, meinte Bob unsicher.
»Zwei Minuten geben wir ihm noch«, sagte Justus.
Der Wald war dichter geworden. Bob bremste scharf ab, da er eine Kurve unterschätzt hatte. Leichter Regen hatte eingesetzt und Bob musste den Scheibenwischer einschalten. Dadurch übersah er fast, wie auf einmal die Bremslichter des Pick-ups aufleuchteten. Mit voller Kraft trat Bob auf die Bremse. Der Wagen rutschte leicht, kam aber zum Glück rechtzeitig zum Stehen. Der Pick-up stand nur wenige Zentimeter vor ihnen, hatte seinen Blinker gesetzt und bewegte sich nicht voran.
»Pass doch auf!«, rief Justus. »Wenn du so weiterfährst, baust du noch einen Unfall! Das Auto gehört uns nicht.«
»Fahr doch selber!«, brummelte Bob.
Sie warteten. Nach einigen Augenblicken hörte das Blinken auf und der Wagen fuhr geradeaus an. Sekunden später war er im Nebel verschwunden.
»Wir sollen wohl hier abbiegen«, vermutete Justus.
»Ach ja?«, fragte Bob. »Einfach so? Und wenn da eine Schlucht ist?« Vorsichtig gab er Gas und lenkte den Wagen nach rechts. Plötzlich knirschte Kies unter den Rädern. Bob fuhr noch ein paar Meter, hielt an, und sie stiegen aus. Die Luft war noch kälter und feuchter geworden. Vom Pick-up war nichts mehr zu hören. Nur das Quaken von Fröschen drang hohl und tief durch den Nebel.
»Gehen wir ein paar Schritte?«, fragte Bob und griff nach seinem Rucksack.
Gähnend wandte sich Peter ab. »Ich bleibe hier und hocke mich in den Wagen.«

»Allein? Bist du dir da sicher?«
Peter erinnerte sich an den letzten Stopp und entschied sich anders: »Okay, ich komme mit.«
Sie nahmen eine Taschenlampe mit und schlugen die Autotüren zu. »Vielleicht da lang?« Bob leuchtete gegen die weiße Nebelwand an und ging los. Bei jedem Schritt gab der Kies unter seinen Schuhen nach. Große Schatten tauchten auf. Bob strahlte sie an: Bäume. Nach wenigen Metern blieb er stehen.
»Was ist, Dritter?«
»Da ist irgendwas großes Dunkles.« Bob hob die Taschenlampe an. Vorsichtig tat er ein paar Schritte. »Eine Wand. Ein Haus, warte, hier ist so was wie eine Holztreppe!« Das Licht erfasste drei Stufen und eine Eingangstür, deren Glasscheibe mehrere Sprünge hatte. Über der Tür befand sich ein Schild aus modrigem Holz. »King of the Mountain« stand dort in verwitterten Buchstaben. Nirgends brannte Licht.
»Wie in einem Horrorfilm«, sagte Peter.

Hotel ohne Gäste

»Das soll das Hotel sein?«, fragte Bob. »Sieht aus, als ob hier schon seit Jahren kein Mensch mehr gewesen wäre.«
»Lasst uns reingehen«, schlug Justus vor. »Ein Dach über dem Kopf ist immer noch besser, als hier draußen zu erfrieren. Hast du das Auto abgeschlossen?«
»Ich glaube nicht.«
»Egal. Hier ist ja sowieso kein Mensch.« Justus fasste sich ein Herz und stieg die Stufen hinauf. Die Glastür war nicht verschlossen. Vorsichtig zog Justus sie auf. Sie quietschte laut. Die drei ??? betraten einen kleinen holzgetäfelten Empfangsraum. Direkt gegenüber der Tür befand sich eine Theke. Bob entdeckte einen Lichtschalter und betätigte ihn. Überraschenderweise mit Erfolg: Eine gelbliche Glühbirne leuchtete auf, in deren Licht sie endlich besser sehen konnten.
Doch einladender wurde der Anblick dadurch nicht. Das Schild »Dies ist ein Nichtraucherhotel!« an der Wand war ausgeblichen und wasserfleckig. Auf der Theke stand ein Drehständer, in dem sich ein paar alte Postkarten und drei von Feuchtigkeit wellig gewordene Broschüren befanden. Bob trat näher: »Die Planzenwelt der Aunella Mountains« stand auf der Titelseite. Eine dicke Staubschicht bedeckte die Theke und auch die rostige, klebrige Klingel, die einmal dazu gedient haben musste, um jemanden an den Empfang zu rufen. Hinter der Theke war eine Arbeitsfläche, auf der wild durcheinander alte Zettel, Stifte, ein umgefallenes Glas und achtlos hingeworfene Zimmerschlüssel herumlagen. Auch ein Telefon war da. Justus überprüfte die Leitung. Sie war tot.
»Ob hier wirklich noch jemand lebt?«, fragte Peter.

Bob leuchtete ein riesiges Spinnennetz an und schüttelte den Kopf. »Sieht nicht danach aus.«
»Doch!« Justus hatte eine Kaffeetasse gefunden. Er roch dran und hielt sie schräg vor das Gesicht. »Flüssiger Kaffeerest«, sagte er. »Vor Kurzem war hier jemand!«
»Ich weiß nicht, ob wir uns darüber freuen sollten«, sagte Peter skeptisch. »Ehrlich gesagt, wäre ich lieber allein hier. Ich habe mal einen Film gesehen. Es ging um ein einsames Haus, das eine Familie aus der Stadt neu angemietet hatte, und zum Schluss waren zehn Leichen im Garten vergraben.«
»Hör auf, Peter!« In Justus' Stimme klang leichter Ärger mit. »Du und deine Filme! Das hilft uns jetzt auch nicht weiter!«
»Doch, das hilft uns durchaus weiter: indem wir hier nämlich schleunigst verschwinden!«
»Ich möchte mich aber noch ein wenig umsehen!«, sagte Justus entschieden. Er spürte ein Kribbeln im Bauch, das sich immer einstellte, wenn er ein Geheimnis witterte. Gegen dieses Gefühl konnte er sich kaum wehren. Es war stärker als alles andere, auch stärker als die Angst.
Bei Peter verhielt es sich genau umgekehrt. »Bitte, Justus! Hier ist irgendetwas nicht in Ordnung«, sagte er mit banger Stimme. »Das spürst du doch auch! Lass uns abhauen, bevor es zu spät ist!«
Doch Justus hatte das Gegenargument schon parat: »Bei dem Nebel? Willst du dich verfahren und riskieren, einen Abhang runterzustürzen? Übermüdet, wie wir alle sind? Der nächste Ort ist Stunden entfernt!«
»Wir können uns auch ins Auto setzen und dort übernachten.«
»Bis uns da jemand überfällt?«
»Hört auf«, ging Bob dazwischen. »Ich finde Justus' Vorschlag vernünftig. Wir schauen uns das Hotel näher an. Wenn uns

das Ganze zu merkwürdig vorkommt, können wir immer noch ins Auto und wegfahren. Aber eine prickelnde Aussicht ist das nicht.«

»Schon klar«, sagte Peter.

Bob wandte sich nach rechts, wo sich eine weitere Glastür befand. Sie gingen hindurch und kamen in einen länglichen Raum, der in früheren Zeiten als Lounge gedient haben musste. Doch nun rochen die Sessel und die Couch modrig und Bob entdeckte Schimmel an ihnen. Seitlich war ein Kamin in die Wand eingelassen, in dem kalte Asche und Holzreste lagen.

Ein Tresen trennte die Lounge von der offenen Küche. Links von ihr standen Tische, alle staubig und kahl: der Speiseraum. Durch ein großes Glasfenster konnte man nach draußen sehen. Doch es war zu neblig und zu dunkel, um irgendetwas zu erkennen.

An der gegenüberliegenden Wand stand ein Bücherregal. Bob ließ seinen Blick über die Buchrücken schweifen: Naturführer, Romane, ein Bildband über Alfred Hitchcock. Alle alt und verschlissen.

Justus sah sich bereits in einer anderen Ecke um und entdeckte ein paar Fotos, die an der Wand hingen. Neugierig trat er näher. Mehrere Bilder zeigten offenbar das Hotel. Ohne das Schild »King of the Mountain« über der Tür hätte Justus es fast nicht wiedererkannt. »Wow!«, entfuhr es ihm. »Das war ja einmal eine richtig tolle Anlage! Und hier, die stolzen Besitzer, ein Mann und eine Frau, glücklich Arm in Arm, direkt vor dem Eingang!« Auf einem anderen Bild war ein in den Bergen zerschelltes Flugzeugwrack zu sehen.

Währenddessen hatte sich Peter den Küchenbereich vorgenommen. »Mal sehen, was so auf der Speisekarte steht!« Tatsächlich fand er ein paar Dosen Limonade. »Das Verfallsda-

tum ist noch okay«, sagte er und stellte die Dosen auf den Tresen. »Pause, Kollegen!«
Das ließen sich Justus und Bob nicht zweimal sagen. Sie wischten drei Stühle ab und setzten sich an einen der Tische.
Peter nahm einen großen Schluck Limonade. »Jetzt fühle ich mich besser«, sagte er. »Bring mir bitte noch einen Hamburger, Bob!«
»Gerne. Fünf Dollar Vorauskasse«, sagte Bob und grinste.
»Fünf Dollar? Dann geh ich lieber selber!« Peter stand auf und überprüfte die Küche. »Hey! Ein Kühlschrank!«, rief er aus und öffnete die Tür. »Innen ist alles ziemlich vereist und voller Stockflecken, aber da liegt eine riesige Packung Salami! Meinst du, wir können uns hier einfach so bedienen?«
»Ist doch ein Hotel«, sagte Bob. »Hinterher bezahlen wir auch! So teuer kann das ja nicht sein! Ich würde mal sagen: Das Hotel verdient gerade mal einen halben Stern! Wenn wir es gut meinen …«
Peter brachte die Wurst an den Tisch und öffnete den Plastikverschluss. »Haltbarkeitsdatum okay«, sagte er, »na dann, guten Appetit, die Herren. Willkommen im Halbsterne-Hotel King of the Mountain! Genießen Sie Ihren Urlaub!«
Justus grinste Peter an. Kaum hatte sein Freund etwas zu essen, verbesserte sich dessen Stimmung sprunghaft. Obwohl auch Justus ein begeisterter Esser war – mehr noch als Peter –, blieb er wachsam. Er achtete auf jeden Laut. So war er auch der Einzige, der das Geräusch von draußen wahrnahm.
»Da kommt jemand«, sagte Justus und senkte die Stimme.
Peter schob sich gerade mit wachsender Begeisterung die nächste Ladung Wurst in den Mund. »Der Kellner?«, witzelte er. »Wird aber auch Zeit!«
»Ruhe!«
Jetzt hörten es auch Peter und Bob. Draußen knirschte der

Kies, als ob ein zweiter Wagen angerollt käme. Der Laut erstarb. Leise schlug eine Autotür zu. Ein paar Schritte. Dann Stille.
»Wer ist das?«, flüsterte Bob.
»Lasst uns nachsehen«, zischte Justus. Zu dämlich, dass sie das Licht am Empfang nicht wieder ausgemacht hatten. So konnte jeder sehen, dass sie gekommen waren. Sie saßen wie erstarrt, doch es war nichts weiter zu hören.
»Los!« Justus stand auf, Peter und Bob folgten ihm. Sie schlichen durch die Lounge und schauten durch die Glastür in den Empfangsraum. Da war niemand. Vorsichtig öffnete Justus die Zwischentür und trat dann an die Glastür, die nach draußen führte. Doch das Licht der Glühbirne drang kaum durch den Nebel. Weiter als zwei oder drei Meter reichte es nicht. Keine Chance, irgendjemanden zu sehen.
»Was machen wir jetzt?«, fragte Peter.
»Das alles muss gar nichts Schlimmes bedeuten«, beruhigte Justus. »Vielleicht ist noch ein Gast angekommen. Oder der Inhaber.«
»Ich weiß nicht, ob ich dem Besitzer des Hotels begegnen möchte«, sagte Peter.
»Hey!«, rief Bob, der noch in der Lounge stand, und deutete auf das Fenster. »Da war jemand!«
»Wo?«
»Draußen! Jemand hat uns beobachtet! Eine hässliche Fratze!«
Sie hörten ein Geräusch. Es kam von irgendwo hinter dem Haus.
»So, das wär's!«, schrie Peter. »Auf Wiedersehen!« Panisch drängte er an Justus vorbei und rannte raus in den Nebel.
»Wo willst du hin?«, rief Justus.
»Zum Auto!« Schon war er verschwunden.
Justus und Bob blieb nichts anderes übrig, als ihrem Freund

zu folgen. Sie rannten durch den Nebel, ohne zu erkennen, wo sie waren. Vor ihnen lief Peter. Sie sahen ihn zwar nicht, aber sie hörten ihn. Plötzlich blieb Peter stehen.
»Peter?«
»Hier bin ich, Justus!«, klang es zitternd. »Wo seid ihr? Kommt bitte her! Schnell!«
Mit ein paar Schritten hatten Justus und Bob Peter eingeholt.
»Was ist?«, fragte Bob erschrocken.
»Das Auto! Das Auto ist weg!«

Check-in

Peter drehte sich hektisch im Kreis. »Das Auto ist weg!«, wiederholte er immer wieder, als hoffte er, dass es doch nicht wahr wäre.
»Ruhig, Peter, beruhige dich bitte!« Bob gelang es, seinen Arm um Peters Schulter zu legen. »Wir sind ein wenig angespannt. Es ist dunkel und nebelig! Wir haben doch gar keine Ahnung, ob wir überhaupt dort stehen, wo wir das Auto zurückgelassen haben!«
Bob schaltete die Taschenlampe ein, die er glücklicherweise noch am Gürtel stecken hatte. »Entspann dich, Peter. Wir suchen das Auto. Aber welche Richtung sollen wir einschlagen?« Bob hatte jede Orientierung verloren.
»Probieren wir es mal da«, sagte Justus, der auch keine Ahnung hatte. Sie liefen ein Stück, plötzlich ging der Kies in Gras über. »Umdrehen«, befahl Justus. »Hier sind wir falsch!« Sie tasteten sich in die andere Richtung, bis ein dunkler, großer Schatten auftauchte. Etwas reflektierte das Licht der Taschenlampe: das Nummernschild ihres Wagens. »Na also«, sagte Justus erleichtert.
»Fahren wir?«, fragte Peter. Beim Anblick des Autos hatte er sich ein wenig beruhigt. »Ich will nicht mehr ins Hotel!«
»Mein Rucksack ist noch auf dem Tisch«, sagte Bob. »Tut mir leid. Ich muss noch mal rein. Kommt ihr mit?«
»Ach, Bob!«
Sie gingen in die Richtung, in der sie das Haus vermuteten. Doch nach wenigen Metern stießen sie auf eine Hecke. »Die war doch eben noch nicht da«, wunderte sich Bob. »Ich bin mir sicher, dass wir in dieselbe Richtung gegangen sind wie vorhin!«

»Seltsam«, bestätigte Justus.
Bob leuchtete ein Stück weiter und entdeckte das Haus. »Da ist ja das Hotel! Aber der Eingang, wo ist der Eingang?«
»Wir sind offenbar an eine andere Stelle gelangt«, überlegte Justus. »Das kann nur eins bedeuten: Das Auto hat seinen Standort verändert! Hier haben wir es nicht geparkt!«
»Seinen Standort verändert?«, wiederholte Peter ungläubig. »Einfach so? Das Auto fährt einfach ohne uns?«
»Das Gelände ist leicht abschüssig, Peter. Vielleicht hat Bob die Handbremse vergessen und den Wagen auf Leerlauf gestellt.«
»Und dann hat der Chrysler ein paar Meter später einfach so angehalten, Justus? Direkt vor dem Hotel?«
Bob sagte mit einem beleidigten Unterton: »Ich habe auf Parkposition gestellt, Justus. Das tue ich immer! Vielleicht ist ja auch das Haus herumgewandert!«
»Ich dachte immer, du glaubst nicht an Gespenster?«, rief Peter empört aus.
»Wir sind alle ein wenig nervös«, erklärte Justus. »Um die Ecke ist der Eingang. Lasst uns reingehen.«
Peter schnaubte hörbar, doch es blieb ihm nichts anderes übrig, als seinen Freunden zu folgen.
Vorsichtig betraten sie den Empfang. Nach wie vor war niemand da. Sie gingen gleich weiter in die Lounge. Mit dem ersten Blick erfasste Bob, was sich verändert hatte: Sein Rucksack war weg!
Erschrocken lief er zu dem Tisch, an dem sie gesessen hatten. Vielleicht hatte er sich ja getäuscht und ihn seitlich auf dem Boden abgestellt. Doch da war nichts. Justus und Peter krochen unter die anderen Tische und schoben die Stühle beiseite. Nichts.
Plötzlich hörten sie eine Stimme. »Ich habe schon lange keine Gäste mehr gehabt!«

Die drei ??? zuckten zusammen. Vor Schreck knallte Justus, der noch auf dem Boden kniete, mit dem Kopf an die Tischkante.
Hinter der Küchentheke stand ein Mann. Er war schon älter, vielleicht um die sechzig Jahre. Sein Cowboyhut saß schief, sodass die drei ??? sehen konnten, dass er kahlköpfig war. Er trug ein schmutziges weißes T-Shirt, darüber eine abgewetzte braune Lederweste. Das Lächeln auf seinen Lippen war schwer zu deuten. »Das Gepäck habe ich den Herren bereits auf das Zimmer gebracht«, sagte er.
»Wir … wir … Ist denn das Hotel noch geöffnet?«, stotterte Peter.
Der Mann sah ihn einen Moment lang an. »Aber natürlich«, sagte er dann mit einer rostig klingenden Stimme. »Willkommen im King of the Mountain. Ich bin Fynch Hunterman. Der Besitzer.«
»Aber … Sie … warum hatten Sie denn keine Gäste mehr?«
»Wahrscheinlich das Wetter. Regnet zu oft.«
»Eigentlich wollten wir sowieso gerade weiterfahren«, sagte Peter schnell.
Fynch Hunterman schüttelte den Kopf. »Keine Chance bei dem Nebel«, sagte er. Er sprach gedehnt, als müsse er nach den Worten suchen. »Wie habt ihr überhaupt hergefunden, bei der Suppe da draußen, ohne in die Schlucht zu stürzen?«
»Ein Mann in einem Pick-up hat uns den Weg gezeigt.«
Hunterman entglitten die Gesichtszüge. »Catman«, knurrte er.
»Wie bitte?«, fragte Justus.
Doch der Hotelbesitzer hatte sich schnell wieder im Griff. »Das war Jack. Wohnt in der Gegend«, sagte er wieder in seinem alten Tonfall und fügte hinzu: »Meine Zimmer sind in Ordnung. Macht euch keine Gedanken.«

»Was kostet eigentlich eine Übernachtung?«, fragte Justus.
Peter sah seinen Freund wütend an.
»Habe die Preise seit zehn Jahren nicht verändert. Ihr werdet es bezahlen können.« Der Hotelbesitzer grinste. »Wenn ihr mir helft, müsst ihr gar nichts bezahlen!« Er warf einen seltsamen Blick auf Peter.
»Was meinen Sie mit ›helfen‹?«, fragte Justus.
»Musste euer Auto umparken«, sagte Hunterman, ohne die Frage zu beantworten. »Es stand mitten in der Einfahrt. Die Autotür war nicht zu. Habe es neben das Hotel gerollt. An meine Regeln müsst ihr euch halten!«
Die drei ??? warfen sich einen überraschten Blick zu. Zumindest das Rätsel des verschwundenen Rucksacks und des selbsttätig fahrenden Wagens war gelöst. Doch dafür zeichneten sich neue Fragen ab. Irgendetwas stimmte hier nicht. Und Peter ahnte, dass Justus nicht eher gehen würde, bis er das herausgefunden hatte. Wie auf Bestellung sagte Justus dann auch: »Okay. Wir bleiben eine Nacht!«
Fynch Hunterman schleppte sich um die Theke herum. »Dann erledigen wir jetzt die Formalitäten«, sagte er in einem Ton, der keinen Widerspruch duldete. Er ging voran zum Empfang, setzte sich umständlich und nahm einen Bleistift. »Brauche einen Namen und eine Adresse«, sagte er und deutete auf Peter. »Von dir. Das reicht.«
»Warum nicht von Justus?«, fragte Peter.
Justus stieß ihn in die Seite. »Egal. Mach schon!«
Widerwillig machte Peter seine Angaben. Der Hotelbesitzer notierte sich alles in krakeligen Buchstaben und hielt Peter erwartungsvoll das Papier zur Unterschrift hin. Schnell kritzelte Peter sein Kürzel darauf. Es war kein Formular, sondern nur ein vergilbter Schmierzettel.
Ächzend stand Hunterman auf. »Dann zeige ich euch euer

Zimmer. Ich hoffe, ihr raucht nicht! Kann das Zeug nicht ab.« Er betätigte einen Schalter und außen ging eine Lampe an. So konnte man wenigstens etwas besser sehen.

Um zu den Zimmern zu gelangen, musste man das Empfangsgebäude verlassen und einige Meter draußen an ihm entlanggehen. An der Ecke schloss sich eine Holzveranda an. Hunterman ging vor, zog einen Schlüssel aus der Hosentasche und reichte ihn Peter. »Hier ist es. Appartement Nummer eins. Ihr werdet zufrieden sein!« Peter zog die Fliegentür zur Seite, öffnete das Schloss und betrat den Raum. Justus und Bob folgten ihm. Es roch feucht und muffig. Hunterman machte Licht. Zwei Betten, ein weiteres an der Wand. Auf dem Kopfkissen lag Bobs Rucksack. Ein alter Holzschrank, ein Kühlschrank, ein Durchgang zum Bad, aus dem es stank, als sollte man es besser nicht betreten.

»Habe euch nicht zu viel versprochen, oder?«, sagte Hunterman. »Für euch nur das Beste!«

»Danke«, sagte Bob. »Geht so. Wir werden das Gepäck holen und es uns hier … gemütlich machen. Wir sehen uns.«

Hunterman stand unschlüssig in der Tür.

»Wir sehen uns dann«, wiederholte Bob nachdrücklich.

Der Hotelbesitzer nickte. »Wenn ihr Hunger habt, kommt vorbei. Ich kann euch was kochen. Hab was da. Es gibt auch einen Aufenthaltsraum mit Bibliothek. Nur einen Fernseher haben wir hier nicht. Kein Empfang.« Er tippte mit zwei Fingern an den Cowboyhut und ließ die drei ??? allein.

»Auf das Essen möchte ich gerne verzichten«, sagte Peter, als Hunterman außer Hörweite war. »Justus! Wie konntest du nur einwilligen hierzubleiben!«

»Dieses Hotel ist doch irgendwie witzig«, sagte Justus, »und ich möchte wissen, was hier los ist. Ein seltsamer Hotelbesitzer ohne Gäste in einem maroden Gebäude …«

»Hast du gemerkt, wie irritiert er reagiert hat, als wir den Mann in dem Pick-up erwähnt haben?«, fragte Bob dazwischen. »Was hat Hunterman da noch mal gesagt?«
Peter überging die Frage, denn er war immer noch sauer. »Vor allem habe ich gespürt, wie der Kerl mich angestarrt hat! Kannst du mir vielleicht *dazu* mal etwas Kluges sagen, Just?«
»Nein, Peter. Immerhin hat sich die Sache mit dem umgeparkten Auto geklärt«, sagte Justus beruhigend, »und die mit dem verschwundenen Rucksack auch. Ein Spukhotel scheint es schon mal nicht zu sein. Ich finde es hier gar nicht so schlecht. Stell dir mal vor, wir würden jetzt noch Auto fahren: völlig übermüdet und mitten im Nebel. Das wäre auch der Horror geworden!«
»Die Betonung liegt auf *auch*«, sagte Peter bissig.

Steinschlag

Bob machte sich daran, Zimmer und Toilette auszulüften und den Kühlschrank zu inspizieren. Er war leer und voller Stockflecken. Aber der Wasserkocher funktionierte noch und im Schrank fand Bob eine kleine elektrische Heizung. Er schob sie mitten in den Raum und warf sie an, in der Hoffnung, die Feuchtigkeit etwas zu vertreiben. Wirklich einladend wurde das Zimmer dadurch nicht.

Währenddessen holten Justus und Peter das Gepäck aus dem Auto. Zum Glück hatten sie einen vollgepackten Picknickkoffer dabei. Bei der Abfahrt hatte ihn Tante Mathilda den dreien förmlich aufgedrängt. Justus öffnete den Reißverschluss und sah hinein. Sandwichs, Limo, eine Thermoskanne mit Tee, eine Plastikbox mit angemachtem Salat. Sogar an Pappteller und Picknickbesteck hatte seine Tante gedacht.

»Tante Mathilda«, sagte er feierlich, »noch nie zuvor habe ich deine Fürsorge so zu schätzen gewusst wie heute!«

»Du meinst ihre Bemutterung?«, fragte Peter kauend.

Justus grinste ihn an. »Lass es dir schmecken!«

Bob ging zum Wasserhahn und ließ das Wasser laufen, bis es frisch war. Dann kochte er einen Tee. »Gemütlich wird's hier nicht mehr werden. Aber wenigstens haben wir ein festes Dach über dem Kopf«, sagte er. »Und vermissen wird uns eh niemand. Kelly wusste nicht, dass wir kommen, und unsere Eltern denken, wir haben andere Sachen im Kopf, als in einen neuen Fall zu rutschen.«

»Du hoffst auf einen Fall?«, fragte Peter und tat ahnungslos. Unter allen Umständen wollte er Justus davon abbringen. »Ich sehe weit und breit nur Nebel!«

»Wird Zeit, dass er sich lichtet«, sagte Justus. »Peter, ich weiß

auch nicht, ob ein Fall daraus wird. Aber das Hotel birgt ein Geheimnis!«
Peter schüttelte den Kopf. »Ich finde, es ist überhaupt kein Wunder, dass das Hotel keine Gäste mehr hat! So verfallen, wie es ist. Und dieser verschrobene Besitzer! Und dann noch dieses furchtbare Wetter!«
Justus schmunzelte. »Zumindest Letzteres kann ich dir erklären. Vom Pazifik her wird eine Menge Feuchtigkeit herübergeweht, die sich an den Bergen staut. Dadurch entstehen Wolken, die immer feuchter werden. Durch die spezielle Lage der Aunella Mountains und die vorherrschende Windrichtung regnen die Wolken vorzugsweise in dieser Gegend ab. Auch wenn man das heute kaum glauben mag: Die Durchschnittstemperaturen sind vergleichsweise hoch, und zusammen ergibt das ein Klima, in dem sogar einige subtropische Pflanzen wachsen.«
»Regenwald«, sagte Bob.
»Nicht ganz natürlich, aber es geht in die Richtung.«
»Dann müsste es hier auch einige endemische Pflanzen geben«, sagte Peter beiläufig.
Justus fiel fast die Kinnlade runter.
»Tja, da staunst du, Justus!«, triumphierte Peter. »Ich kenne auch solche Wörter!«
»Das stand unter einem der Bilder, die im Empfangszimmer hingen«, bemerkte Bob betont gelangweilt. »Hast du lange gebraucht, bis du das auswendig konntest, Peter?«
»Bob, du Depp!«
»Und was bedeutet ›endemisch‹?«, fragte Justus nach.
»Verrate ich nicht.«
»Du hast keine Ahnung, stimmt's?«
»Du etwa?«
Justus legte den Kopf schief und sagte: »Pflanzen, die sonst

nirgendwo auf der Welt vorkommen. Die sich durch das spezielle Klima hier wie auf einer Insel entwickelt haben. Also einzigartig!«
»Wir drei sind auch endemisch«, grinste Peter. »Eine so spezialgelagerte Detektivtruppe wie die drei ??? kann nur in der einmaligen Atmosphäre von Rocky Beach entstehen!«
»Ein höchst unerwarteter Vergleich, aber ganz kann mich ihm nicht verschließen«, sagte Justus.
Bob lachte. »Die endemischen Drei. Das würde ja kein Mensch kapieren. Aber Justus hatte mit seiner Vermutung den richtigen Riecher: Irgendwie rutschen wir immer in einen Fall! Zumindest in ein Geheimnis. Schaut mal, was ich vorhin gefunden habe!« Bob stand auf und nahm ein gerahmtes Foto in die Hand, das mit der Bildseite nach unten auf der Ablagefläche neben dem Kühlschrank gelegen hatte. Justus nahm es entgegen und drehte es herum. »Ein Zeitungsartikel?«, sagte er überrascht.

Rätsel um mysteriösen Flugzeugabsturz in den Bergen

Ein mysteriöser Flugzeugabsturz ereignete sich am vergangenen Sonntag in den Aunella Mountains. Das Unglück wurde erst gestern bekannt, weil die Aunella Mountains durch ein Unwetter tagelang von der Außenwelt abgeschnitten waren (wir berichteten). Die Maschine, ein einmotoriges Privatflugzeug, war wenige Stunden zuvor vom Flughafen von Santa Antonia von einem Unbekannten entführt worden. Der Besitzer des Flugzeugs, Norman Bates, 45, ein Vogelkundler auf dem Weg in die Berge, wurde niedergeschlagen, als er in seine startbereite Maschine einsteigen wollte. Vom Täter fehlt jede Spur.

Justus blickte auf. »Und das zeigst du uns erst jetzt?«
»Das Essen ging vor«, sagte Bob. »Und der Artikel läuft uns nicht weg. Außerdem: Es muss ja nichts zu bedeuten haben!«
Justus schüttelte den Kopf. »Erinnerst du dich an das Bild, das im Speiseraum hing? Da war das Flugzeug drauf! Warum sollte jemand in einem einsamen Hotel einen Zeitungsartikel über einen Flugzeugabsturz einrahmen? Und so lange aufheben?« Er besah das völlig vergilbte Papier. »Leider steht kein Datum drauf.«
»Justus, das kann doch ganz einfache Gründe haben«, sagte Peter. »Der Hotelbesitzer interessiert sich für den Absturz. So ein bisschen Neugier läge uns doch auch nicht fern, oder? Schließlich ist alles hier in der Gegend passiert. Wenn neben unserem Schrottplatz in Rocky Beach ein Flieger runtergehen würde, würde Bob doch auch alle Artikel drüber ausschneiden und aufheben.«
»Würde ich«, bestätigte Bob.
»Aber nicht jahrelang an die Wand hängen.«
»Warum denn nicht? Sonst ist hier doch nichts weiter los«, sagte Peter.
Justus stand auf. »Wo lag der Fotorahmen?«
»Auf der Ablage neben dem Kühlschrank«, sagte Bob.
»Wo genau?«
»Ach, Justus! Ich hab's angeschaut und in etwa dort auch wieder hingelegt!«
»Zeig's mir.«
Grummelnd erhob sich Bob vom Bett und deutete auf die Stelle, an der das Bild ungefähr gelegen hatte. Justus hatte sich bereits die Taschenlampe genommen und trat an die Ablagefläche. Er bückte sich, schaltete sie ein und untersuchte die Oberfläche. Dann richtete er sich zufrieden auf. »Wenn der

Rahmen hier schon länger gelegen hätte, wäre die Platte genau an dieser Stelle nicht verstaubt. Aber die Oberfläche ist komplett mit einem schmierigen staubigen Film überzogen. Mit etwas Geschick kann man sogar den Abdruck erahnen, wo sich das Bild befunden hat. Und das bedeutet: Der Rahmen lag noch nicht sehr lange da!«

»Ja und?«, fragte Peter. »Was bedeutet das schon?«

»Jemand hat ihn dort hingelegt. Vielleicht für uns.«

Bob war beeindruckt, doch Peter zog die Stirn in Falten. »Man kann aus Mücken auch Monster machen«, sagte er.

»Das sagst ausgerechnet du?«

»Na und? Ich will hier einfach so schnell wie möglich weg.«

»Nur damit du deine süße Kelly kontrollieren kannst!«, witzelte Bob.

»Was soll das?« Peter nahm ein Kissen und warf es auf Bob. Der fing es geschickt auf und schmiss es zurück. Peter duckte sich und das Kissen traf Justus voll ins Gesicht. »Habt ihr nichts Besseres zu tun?«, rief er, warf aber grinsend das Kissen mit voller Kraft weiter. Bob schnappte sich das zweite Kissen, während Peter schützend die Bettdecke hochzog. Eine Einladung für Justus, der sich sofort auf ihn stürzte und Peter unter der Decke begrub. »Ich krieg keine Luft!«, blökte Peter dumpf und Justus gab lachend nach. In diesem Moment bekam er von Bob das Kissen über den Kopf. Spielerisch ließ sich Justus zur Seite fallen. Peter befreite sich und warf sich brüllend auf ihn. »Jetzt bist du dran, Erster!« Das Bett knarrte bedenklich, doch es hielt stand.

In dem Moment hörten sie Schritte auf der Veranda. Bevor sie richtig aufblicken konnten, gab es einen Knall. Glas klirrte, etwas flog durchs Zimmer. Peter und Bob gingen in Deckung, während Justus aufsprang und zum Fenster lief. Er sah gerade noch, wie eine Person im Nebel verschwand. Hatte er

sich getäuscht oder hatte sie eine schwarze Lederjacke getragen? Justus lief zur Tür und trat nach draußen. Er lauschte. Es waren noch ein paar durch den Nebel gedämpfte Schritte zu hören, dann nichts mehr. Justus überlegte kurz, ob er die Verfolgung aufnehmen sollte. Doch in der Dunkelheit und bei der schlechten Sicht hatte es einfach keinen Sinn.
Als der Erste Detektiv in das Zimmer zurückkehrte, hatten Peter und Bob den Gegenstand untersucht, der durch das Fenster geflogen war. »Ein Stein«, sagte Bob. »Mit einem Papier umwickelt.«
»Was steht drauf?«, fragte Justus.
»›Verschwindet hier! Ihr kriegt sie nie im Leben!‹«

Huntermans Höhle

Nachdenklich legte Justus den Zettel beiseite.
»Was sollen wir nicht bekommen?«, fragte Bob.
»Es muss etwas mit dem Flugzeugabsturz zu tun haben«, überlegte Justus. »Es ranken sich ja auch einige Rätsel um ihn. In dem Artikel steht, dass die Maschine entführt wurde. Und der Pilot ist verschwunden.«
»Das ist Jahre her, Justus«, sagte Peter. »Inzwischen sind die Fragen bestimmt alle gelöst!«
»Wir können Mr Hunterman fragen«, schlug Bob vor.
»Tolle Idee!« Peter schüttelte den Kopf. »So wie der drauf ist, kann es doch echt gut sein, dass er uns den Stein selbst hier reingeworfen hat! Hast du den Typen eigentlich noch gesehen, Justus?«
»Ich glaube nicht, dass es Hunterman war«, sagte Justus. »Ich hatte eher den Eindruck, dass es der Fahrer war. Die wirren Haare, die schwarze Jacke …«
»Du meinst den aus dem Pick-up?«, fragte Peter.
»Ja, diesen Typ, der uns hierhergeführt hat!«
Das überraschte Bob und Peter.
»Ganz sicher bin ich natürlich nicht. Es ging alles so schnell. Aber Hunterman anzusprechen ist bestimmt einen Versuch wert. Außerdem brauchen wir ein neues Zimmer.« Justus zeigte auf das Loch in der Fensterscheibe. »Hier können wir nicht bleiben. Das ist mir entschieden zu viel frische Luft!«
»Schade. Jetzt, wo wir es uns gerade so gemütlich gemacht hatten!« Bob stand auf. »Dann lasst uns mal keine Zeit verlieren.«
Sie verließen ihr Zimmer und gingen zurück in den Speiseraum. Doch Hunterman war nicht da.

»Mr Hunterman?«

Justus ging an die Stelle, an der die Fotografie mit dem Flugzeugwrack hing, und nahm das Bild herunter. Gedankenversunken betrachtete er die Fotografie. Bob sah ihn einen Moment lang an. »Musst du an deine Eltern denken?«, fragte er leise. Als Justus noch klein gewesen war, waren seine Eltern bei einem Flugzeugabsturz ums Leben gekommen. Justus konnte sich kaum noch an sie erinnern. Seitdem wohnte er bei seinem Onkel Titus Jonas und seiner Tante Mathilda in Rocky Beach auf dem Schrottplatz, den sie dort betrieben.

Justus zuckte zusammen und schüttelte den Kopf. »Auf der Rückseite steht ein Datum«, sagte er schnell. »Der Absturz ist etwa zehn Jahre her. Das muss eine Bergwiese sein, jenseits der Baumgrenze. Im Hintergrund sieht man ein paar Felsen.«

Neugierig traten Bob und Peter neben ihn. »Das Flugzeug ist noch relativ gut erhalten«, stellte Peter fest. »Wahrscheinlich hat der Pilot eine Notlandung versucht. Dabei sind die Räder abgebrochen, er hat sich an ein paar Felsbrocken den Rumpf aufgeschlitzt und schließlich ist der Flieger irgendwo liegen geblieben. Kann gut sein, dass der Pilot überlebt hat.«

»Aber wieso ist er dann spurlos verschwunden, wie es in dem Artikel gestanden hat?«, fragte Bob.

»Er muss unter Schock gestanden haben«, überlegte Peter. »Da tun die Leute die merkwürdigsten Sachen und erinnern sich nicht mehr dran. Vielleicht hat er sogar ganz die Erinnerung an sein früheres Leben verloren und lebt ein ganz neues Leben. Wie in diesen Hollywood-Filmen. Dann trifft er plötzlich seine Ehefrau und erkennt sie nicht mehr wieder …«

»Nun geht aber die Fantasie mit *dir* durch«, grinste Justus und hängte das Bild zurück an die Wand. »Ich dachte, alle Geheimnisse um diesen Flugzeugabsturz hätten sich längst gelöst? Doch ein neuer Fall, Peter?«

»Lasst uns nach Hunterman suchen«, schlug Bob vor. »Der muss schließlich irgendwo stecken.«
»Versuchen wir es mal in der Küche.« Justus trat hinter die Theke, wo sich neben dem Kühlschrank auch ein Herd mit mehreren Kochplatten befand. An der Rückwand gingen zwei Türen ab. Eine war aus Stahl. Sie war verschlossen. »Vielleicht der Heizungsraum«, sagte Bob stirnrunzelnd. Die andere Tür ließ sich öffnen. Das Zimmer dahinter war dunkel. Justus tastete nach dem Lichtschalter. Jemand schnaufte.
»Warum haben wir bloß die Taschenlampe vergessen?«, zischte Bob. Das Schnaufen wurde lauter. Jemand ächzte. Ein säuerlicher Geruch drang in die Nasen der drei ???.
Endlich fand Justus den Schalter. Eine schwache Glühbirne flammte auf und beleuchtete ein chaotisch wirkendes Zimmer. Kleidungsstücke lagen auf dem fleckigen Boden, dazwischen stapelten sich Zeitungen. Auf einem Holztisch in der Ecke verrotteten Essensreste auf mehreren Tellern, neben denen sich leere Bierdosen stapelten. Gegenüber stand ein Bett, von dem sich ein Mann im Unterhemd erhob: Fynch Hunterman. Er schwitzte, seine Glatze glänzte. »Habt ihr mich erschreckt!«, raunzte er. »Hab geträumt! Viel geträumt!«
»Entschuldigung«, stammelte Bob. »Wir möchten gerne das Zimmer wechseln! Jemand hat das Fenster beschädigt.«
Mit einem Schlag war Hunterman hellwach. »Ihr habt ein Fenster kaputt gemacht?«, brauste er auf.
Justus übernahm das Wort. »Beruhigen Sie sich doch. Eine uns unbekannte Person hat einen Stein durch die Scheibe geworfen«, sagte er. »Wir waren die Opfer, nicht die Täter!«
»Ein Anschlag?«, stöhnte Hunterman. »Geht das schon wieder los? Wartet draußen. Muss mir noch was anziehen!«
Die drei ??? zogen sich in den Speiseraum zurück und setzten sich an einen der Tische. Ein paar Minuten später kam Hun-

terman, bekleidet mit einer alten, fleckigen Jeans. Das T-Shirt hatte er nicht gewechselt. Offenbar hatte er sich wieder ein wenig beruhigt. Er sah auf die drei ??? und sein Blick blieb an Peter hängen.
»Wir schauen uns das nachher an. Hunger, die Herren?«
»Wir haben schon was gegessen«, sagte Peter schnell. Auf ein Gericht aus Huntermans schmieriger Küche konnte er gut verzichten.
Aber Justus war das erwartungsgemäß egal: »In mich passt noch eine Menge rein!«
Fynch Hunterman lächelte. »Soll ich euch was kochen? Keine Angst. Geht aufs Haus!«
»Nein, bitte setzen Sie sich!« Bob sprang auf. Das Beste war wohl, alles selbst in die Hand zu nehmen. »Ich übernehme gerne das Kochen, wenn Sie mir zeigen, wo alles ist!«
Hunterman zögerte einen Moment, dann willigte er ein. »Habe Eier, Schinken, Kartoffeln, eine Dose Tomaten. Mehr ist leider nicht da. Ich konnte ja nicht mit euch rechnen.«
»Ich mache uns ein Rührei«, erklärte Bob. Er warf einen prüfenden Blick auf die Zutaten, sie schienen noch in Ordnung zu sein. Hunterman holte sich eine Dose Bier und setzte sich zu Justus und Peter an den Tisch. »Na, dann erzählt mal. Wie war das mit dem Stein?«
Justus berichtete, was geschehen war. Als er fertig war, schloss er mit der Bemerkung: »Mr Hunterman, vorhin sagten Sie so etwas wie: ›Geht das schon wieder los!‹ Was hatte das für einen Hintergrund?«
Hunterman stöhnte. »Ich hatte immer mal wieder Ärger hier.«
»War das … Jack, Ihr Nachbar?«, fragte Justus ins Blaue hinein.
»Hm.«
»Sind deswegen auch mit der Zeit die Gäste weggeblieben?«, fragte Peter.

»Vielleicht.«
»Früher war Ihr Hotel doch eine Eins-a-Adresse«, schob Justus nach. »Ich habe die Bilder gesehen, die dort an der Wand hängen. Auf dem einen Foto sind doch Sie mit Ihrer Frau?«
Mit einem Mal leuchteten Huntermans Augen auf, doch nur einen Moment lang, dann wurde sein Blick wieder stumpf. »Das war Elena, ja, meine Frau. Leider hat sie mich vor ein paar Jahren verlassen und ist weggezogen.«
»Das tut uns leid.« Justus machte eine kurze Pause, bevor er auf das Thema zusteuerte, das ihn am meisten interessierte. »Ich habe auch das verunglückte Flugzeug gesehen.«
Hunterman zeigte kaum eine Regung. »Ach ja, das Flugzeug. Ist Jahre her.«
»In unserem Zimmer haben wir einen Fotorahmen mit einem Artikel über das Unglück gefunden«, fuhr Justus fort. »Der lag wohl schon eine Weile da.«
Hunterman schüttelte den Kopf. »Ach, den. Habe ihn vor Kurzem wiedergefunden, lag unter dem Bett, hab ihn aufs Bord gelegt, vergessen. Sorry, die Herren, hätte ihn natürlich noch wegräumen sollen!«
»Nein, kein Problem! Im Gegenteil, ich fand die Geschichte sehr interessant. Wie ist der Absturz überhaupt passiert? Ist das Flugzeug im Nebel gegen den Berg geprallt?«
Fynch Huntermann lachte kurz auf. »Denk nicht so schlecht von den Aunella Mountains, Junge! Ab und zu gibt es hier auch mal gutes Wetter. Nein, ich erinnere mich gut. War ein wolkenloser Nachmittag, als der Mann notgelandet ist. Das Gewitter kam erst in der Nacht. Hat Tage gedauert, bis wir wieder Strom hatten!«
»Und hat man den Verbrecher gefasst?«
»Stand dort, es war ein Verbrecher?«, fragte Hunterman erstaunt und trank einen Schluck aus der Dose.

»Der Kerl hatte den Besitzer des Flugzeugs niedergeschlagen«, erinnerte ihn Justus.
Hunterman sah Justus an, dann Peter. »Nein, ein Gangster war es nicht. Aber stimmt: Das kam erst später heraus!«
»Also hat er das Flugzeug gar nicht entführt?«
»Doch, das hat er wohl. Aber er war auf der Flucht vor Mördern. Das Flugzeug war seine einzige Chance. In dem Moment hatte er keine Zeit für Erklärungen. War ein Agent, der was Bestimmtes gefunden hatte. Erschlagen hat er den Flugzeugbesitzer nicht, nur unsanft zur Seite gedrängt. Hat bei der Polizeiaussage etwas übertrieben, dieser Besitzer.«
»Sie wissen offenbar Näheres?«
Hunterman nickte. »Ich erinnere mich noch gut. Polizei kam, Geheimdienst kam, alle haben ihn gesucht. Tagelang. Mein Hotel war voll.«
»Und? Haben sie den Piloten gefunden?«
Fynch Hunterman nickte. »Spät. Nach einer Woche. Jenseits vom Berg hinter meinem Hotel. Dort steht eine Hütte. Ihn haben sie gefunden, aber nicht die kleine schwarze Box, hinter der sie alle her waren.«
»Eine kleine schwarze Box?«
Hunterman nickte. »Er war ein Agent, von der CIA.«
»Was war in der Box drin?«
Ein kurzes Lächeln erschien in Huntermans Gesicht. »Wer weiß das schon? Geheimnis. Haben sie mir nicht gesagt. Vielleicht eine Liste mit verdächtigen Namen? Eine Botschaft? Eine Waffe? Eine Datei? Oder pures Gold?«
»Dann hat der Pilot das Kästchen beim Absturz verloren?«
»Oder Max Dexter hat es danach versteckt«, sagte Hunterman bedächtig.

Das Rätsel des Piloten

Längst hatte auch Bob von den vor sich hin brutzelnden Kartoffelstückchen abgelassen und war an die Theke getreten. Was Hunterman zu erzählen hatte, klang viel zu spannend. Justus sagte gerade: »Max Dexter hieß der Pilot also. Wie kommen Sie darauf, dass er sein geheimes Mitbringsel versteckt hat?«
»Das Kästchen hat niemand gefunden. Auch der Geheimdienst nicht, so sehr sie auch alles abgesucht haben. Hab es erst nicht ganz geglaubt. Doch Jahre später kam eine Frau, ich kannte sie nicht. Sagte, sie sei die Schwester von Max, aber der sei inzwischen gestorben. Und dann sagte sie: Der Pilot hätte ihr kurz vor seinem Tod noch ein Rätsel aufgeschrieben! Ein Rätsel um ein Versteck, das hier bei uns in der Gegend sein musste! Nun suchte sie das Kästchen.«
»Und?«
»Nicht gefunden.«
»Woher wissen Sie das?«
»Das Essen brennt an«, sagte Hunterman, offensichtlich nicht bereit, weiterzusprechen. In der Tat lag ein verdächtiger Geruch in der Luft. Bob eilte zurück zur Pfanne, wendete die Kartoffelstückchen, die schon dunkelbraun geworden waren, schob eine Ecke für die klein geschnittenen Zwiebeln frei und wartete, bis sie glasig wurden, fügte die gehackten Tomaten hinzu und schließlich die acht Eier, die er in einer Schüssel mit einer Gabel verquirlt und mit Salz und Pfeffer gewürzt hatte. Nun musste er das Ganze nur noch ein wenig bei kleiner Hitze hin- und herwenden, bis die Eier stockten, und fertig war das Bauernrührei à la Bob.
Peter stand auf und half seinem Freund, das Essen auf die

Teller zu verteilen, die er vorher noch rasch abgespült hatte. Zusammen mit einem Krug Leitungswasser trugen sie ihr Abendessen an den Tisch.

»Hab keinen Hunger«, erklärte Hunterman. »Ich schau mir kurz den Schaden am Fenster an und leg mich dann wieder hin. Mir geht's nicht so gut.«

»Das Rätsel, Mr Hunterman, kennen Sie das Rätsel?«, rief Justus.

Hunterman nickte. »Die Frau hat es dagelassen, als sie gegangen ist. Habe es irgendwo aufgehoben, ich weiß nicht mehr wo. Esst jetzt, Jungs.« Hunterman stand auf und lief stöhnend nach draußen. Auf dem Weg in den Empfangsraum drehte er sich noch einmal um und fixierte Peter. Nur einen Moment lang, dann verschwand er. Wenige Augenblicke später hörten sie, wie die Glastür zuschlug.

Die drei ??? saßen allein am Tisch.

»Warum sieht der Kerl mich immer so seltsam an?«, fragte Peter. »Nicht freundlich. Nicht herzlich. Eher durchdringend. Als trüge ich ein Geheimnis. Ich glaube nicht, dass er mich mag.«

Justus zuckte die Achseln. »Keine Ahnung. Vielleicht erinnerst du ihn an jemanden. Einen Sohn? An sich selbst?«

»Dann würde er mich doch netter anschauen.«

»Nicht unbedingt, Peter. Aber Kollegen, was mich viel mehr interessiert, ist diese Geschichte.«

»Du willst doch wohl nicht dieses alte Rätsel lösen?«, fragte Peter. Er dachte an Kelly, die ohne ihn im Zeltlager war. Ihr Gruppenleiter war bestimmt ein knackiger Naturbursche, blond gelockt, muskelbepackt, der seit mehreren Sommern nichts anderes im Sinn hatte, als mit seinem Wissen über die Geheimnisse der Natur jedes Mädchen rumzukriegen. Und Kelly war ein hübsches Mädchen! Währenddessen hing er,

Peter, nun in diesem seltsamen Hotel herum, in dem er sich mehr als unwohl fühlte.
»Peter?«, fragte Bob und winkte vor dem Gesicht seines Freundes herum. »Hallo? Weilst du noch unter uns?«
»Leider«, sagte Peter.
Justus sah ihn verständnislos an. »Klar will ich hinter diese Geschichte kommen«, sagte er. »Hast du etwas anderes erwartet?«
»Nein.«
Bob sagte: »Wenn Hunterman das Rätsel überhaupt noch findet!«
»Das wird er bestimmt!«, erwiderte Justus eifrig. »Kollegen, ich glaube, dass das alles zusammenhängt! Der Unfall mit dem Agenten im Flugzeug. Der Niedergang des Hotels. Dieser verschrobene Fynch Hunterman. Erinnert euch, was uns der Fahrer des Pick-ups mit auf den Weg gegeben hat. Ich kann mich noch genau an den Satz erinnern: ›Sagt dem alten Fynch, er soll aufgeben!‹ Und was stand auf dem Zettel, der um den Stein gewickelt war? ›Verschwindet hier! Ihr kriegt sie nie im Leben!‹ Nun ergibt das alles einen Sinn! Es geht um den Inhalt der schwarzen Box!«
»Du meinst, Jack, der mit dem Pick-up, möchte nicht, dass das Kästchen gefunden wird«, sagte Bob. »Wir sollen Hunterman von der Idee abbringen?«
Justus nickte. »Sieht so aus, ja. Aber das werden wir natürlich nicht tun.«
»Hat nur einen Gedankenfehler«, sagte Peter. »Fynch Hunterman sucht das Kästchen gar nicht. Er erscheint mir auch gar nicht mehr dazu in der Lage. Wovon sollen wir ihn da abhalten?«
Justus schwieg einen Augenblick. »Vielleicht sucht er es nicht *mehr*. Versucht haben wird er es.«

Sie hörten, wie die Außentür knarrte. Fynch Hunterman kam zurück. Er trat ein, durchquerte den Raum, bewegte sich schneller als sonst, als ob er es plötzlich eilig hätte. Einen Moment später stand er vor ihrem Tisch. In der Hand hielt er einen Zettel. »Hab's gefunden«, sagte er aufgeregt. Er blickte Peter an, reichte das Blatt aber Justus.

»Das Rätsel?«, fragte Justus.

Hunterman nickte. »Die Frau konnte es nicht lösen. Ich habe mich später gar nicht erst drangesetzt. Hab gleich aufgegeben. Kann wohl nur ein bestimmter Mensch verstehen.«

»Darf ich den Zettel behalten?«, fragte Justus.

Der Hotelbesitzer zögerte. »Schreibst ihn dir ab. Gib ihn dann später zurück.«

Damit wandte sich Hunterman zum Gehen, doch Justus hatte noch eine Frage. »Mr Hunterman, wo genau ist dieses Flugzeug abgestürzt?«

»Notgelandet. Eigentlich notgelandet.« Hunterman kratzte sich am Kopf. »In den Bergen. Am Empfang liegt eine Karte. Direkt unterhalb vom Montgomery Mountain.«

»Danke«, sagte Justus. »Und wie lange braucht man bis dahin?«

»Du willst zu dem Flugzeug wandern?« Peter sah seinen Freund entsetzt an.

»Fußmarsch drei Stunden«, sagte Hunterman unbeeindruckt. »Wenn die Sonne scheint.«

»Fahren kann man nicht?«

»Vergiss es. Aber eine schöne Strecke. Wälder, Berge, Seen.«

»Seen? Bestimmt zu kalt zum Baden?«, fragte Peter.

»Für euch nicht.«

»Für Sie schon?«

»Ich kann leider nicht schwimmen.« Der Hotelbesitzer grüßte kurz und ging zurück in sein Zimmer. Vor der Theke drehte er sich noch einmal um. »Morgen früh ist der Nebel weg! Fühl's in meinen Knochen. Meldet euch, wenn ihr noch was braucht. Ach ja. Hab das Loch im Fenster gesehen. Ihr kriegt Zimmer drei. Schlüssel liegt am Empfang. – Und … findet es endlich!« Er starrte die drei ??? an und seine Stimme wurde scharf. Fast klang es wie ein Befehl: »Findet das Kästchen! Aber passt auf! Passt auf Jack auf!«

»Wie meinen Sie …«

Doch Hunterman verschwand ohne ein weiteres Wort. Die drei ??? sahen ihm verblüfft nach. Als der Hotelbesitzer weg war, beugte sich Justus über das Blatt. Eigentlich war es ein über die Jahre vergilbter, zerknitterter Zettel, der wohl aus einem Notizblock gerissen worden war. Mit krakeligen Buchstaben war darauf ein Text notiert.

Liebe (hier war eine Ecke abgerissen)

Denk an den Traum, den wir immer träumten.
Beginne am Ort.
Laufe, fünfzig weit, bis du keine Luft mehr hast, aber dann ist es Okay.
Mache die Pause, drei Minuten, steige dann die letzten Meter hinab.
Halte an, stopp, sieh dich um, brich alles ab.
Dann findest du mehr als das Wrack.

Dein

Der Rest des Zettels mit dem Namen fehlte. Justus legte das Blatt auf den Tisch. »Das ist selbst für mich eine exorbitant spezialgelagert harte Rätsel-Nuss«, sagte er.

Überwacht

Die Nacht brachte keine weiteren Ereignisse, wenn man einmal von dem Streit zwischen Justus und Peter absah. Auslöser war Justus' eigenmächtige Art zu bestimmen, wie sie den nächsten Tag verbringen würden: nämlich mit einer ausgiebigen Wanderung auf der Suche nach dem Geheimnis des Piloten. Und nicht mit einer Weiterfahrt über die Berge. Hin zum See und hin zu Kelly.
Doch wie so oft war Peters Widerstand zwecklos. Zumal sich die Vorhersage von Fynch Hunterman als richtig erwiesen hatte: Als die drei ??? nach einer kühlen Nacht aus ihren klammen Betten krochen, drangen die ersten Sonnenstrahlen durch das Fenster. Endlich war ihre Umgebung zu erkennen. Die Sonne ließ die Tautropfen auf der Wiese funkeln, über den Baumwipfeln stieg langsam der Nebel auf. Bob entdeckte ein Eichhörnchen auf Futtersuche, und als er das Fenster öffnete, hörten sie exotische Vögel zwitschern. Peters schlechte Laune war mit einem Male verflogen. Der neue Tag lag einladend da und schien nur darauf zu warten, dass die drei ??? endlich Gebrauch von ihm machten.
Bob wandte sich vom Fenster ab. »Und? Hast du heute Nacht noch was herausgefunden, Justus?«
Der Erste Detektiv quälte sich aus dem Bett. Er war als Letzter eingeschlafen, da er noch lange über das Rätsel gegrübelt hatte.
»Nein. Leider nicht. Ich vermute, das Rätsel des Agenten wird sich nur lösen lassen, wenn man die Landschaft in Betracht zieht.«
»Wenn wir also zum Flugzeugwrack gehen und auf die Umgebung achten?«

»Ja. Vor allem sollten wir von dort aus den Rückweg wählen, den auch der Pilot genommen hat. Bis er zu dieser Hütte jenseits des Felsberges gelangt ist, bei der er aufgefunden wurde. Die Hütte ist auf der Karte eingezeichnet. Am besten, wir wandern die gesamte Strecke ab.«
»Vorher brauche ich noch ein ordentliches Frühstück«, sagte Peter und gähnte herzhaft. »Die Vorräte in der Küche müssten das noch hergeben.«
Sie gingen hinüber zum Haupthaus. Von Hunterman war nichts zu sehen. Allerdings hatten die drei ??? auch kein großes Bedürfnis, ihm zu begegnen. Sie bedienten sich selbst in der Küche, öffneten die Schiebetür zur Terrasse und setzten sich nach draußen. Bob hatte einen herrlichen Milchkaffee gekocht, Peter holte Toastbrot und Schinken. Justus saß schon wieder über dem Rätsel und ließ sich von seinen beiden Freunden bedienen.
»Bitte schön, der Herr«, sagte Bob und stellte Justus einen Teller vor die Nase.
»Denkarbeit ist auch Arbeit«, erklärte Justus.
Bob lachte. »Wenn was dabei rauskommt …«
»Den Eindruck habe ich nicht«, sagte Peter mit einem Blick auf Justus' angestrengte Miene.

Nach dem Frühstück räumten die drei ihr Geschirr in die Küche und spülten ab. Dann faltete Justus die Landkarte auseinander. Die Stelle, an der das Flugzeug notgelandet war, hatte er bereits am Abend markiert. Jetzt gingen sie gemeinsam noch einmal den Weg durch. Um zu dem Wrack zu gelangen, mussten sie über eine Anhöhe klettern und dann einem Bachlauf folgen, der seine Quelle in dem Gebiet am Montgomery Mountain hatte. Auch ein kleiner Bergsee war eingezeichnet.

Plötzlich hörten die drei ein dumpfes Scharren.
»Wer ist das?«, fragte Peter alarmiert. »Hunterman?«
Das Scharren hörte nicht auf. Bob lief zur Tür des Hotelbesitzers. »Mr Hunterman?« Er drehte am Knopf, doch die Tür war verschlossen.
»Die Quelle des Geräusches liegt nicht in seinem Zimmer, sondern hinter der Stahltür«, stellte Justus fest. Er rüttelte an ihr, doch wie schon am Abend zuvor bekam er sie nicht auf. Augenblicklich wurde es leise. Sie warteten einen Moment, doch alles blieb still.
»Dein Dietrichset, Peter!«, sagte Justus.
Peter holte seine Werkzeuge und machte sich gleich an die Arbeit. Doch schon kurze Zeit später musste er aufgeben. »Mist! Da steckt ein Schlüssel auf der anderen Seite. Den bekomme ich einfach nicht weg.«
Auf der anderen Seite der Tür war nach wie vor alles ruhig. Justus sah auf die Uhr.
»Lasst uns abhauen«, sagte Bob. »Unser Tagesprogramm ist groß!« Außerdem interessierte ihn das alte Flugzeugwrack mehr als irgendwelche Geräusche, die hinter einer Stahltür hervordrangen. »Wahrscheinlich holt der alte Hunterman nur einen Sack Kartoffeln!«
»Das glaubst du doch selbst nicht!«, sagte Justus und beschloss insgeheim, der Sache später noch einmal nachzugehen. Aber sie mussten wirklich los.
Die drei ??? nahmen aus dem Kühlschrank ein paar eingeschweißte Würste als Wegzehrung mit, packten die Rucksäcke und gingen nach draußen. Die Sonne wärmte schon stark, der Nebel hatte sich verzogen.
Justus zeigte auf einen mit Schotter befestigten Fahrweg, der in den Wald führte. »Da entlang«, sagte er.
Sie stapften wortlos durch den dichten Wald, in dem alles mit

einer Üppigkeit wuchs, die sie sonst aus Kalifornien nicht kannten. Unterholz, Büsche, Schlingpflanzen, Bäume: eine subtropische, grüne Wildnis. Chaos. Sie stiegen über entwurzelte Baumstämme, die längst von neuen Pflanzen erobert waren, hörten unbekannte Vögel, kletterten über Bachläufe, an denen Blutegel warteten, die sie von den Schuhen schnippsen mussten. Das war das einmalige Biotop, von dem Justus gesprochen hatte.

Daher waren sie froh, dass sie den Fahrweg gehen konnten. Querfeldein wären sie nicht vorangekommen. Doch auch der Weg war an vielen Stellen zugewachsen, offenbar wurde er nur selten oder gar nicht mehr benutzt. Das brachte Bob auf einen Gedanken. »Habt ihr eigentlich beim Hotel noch ein anderes Auto gesehen?«, fragte er.

»Du meinst einen Wagen von Mr Hunterman?«, fragte Justus zurück.

Bob nickte. »Wie kauft er seine Lebensmittel ein?«

»Eine Garage habe ich heute Morgen nicht entdecken können. Und ein zweites Auto stand da nicht.«

»Vielleicht ist der Hotelbesitzer in der Frühe weggefahren«, sagte Peter.

»Das hätten wir gehört.«

»Oder schon in der Nacht.«

»Bei dem Nebel?«

»Seltsam ist es«, bestätigte Justus. »Möglicherweise lässt er sich durch den Nachbarn mit dem Pick-up versorgen, auch wenn die beiden sich nicht leiden können. Aber wenn's drauf ankommt?«

Schweigend gingen sie weiter. Nach einer Weile kamen sie an den Rand des Waldes. Der Weg führte zu einer Lichtung. Hier war offenbar früher Holz geschlagen worden, doch inzwischen war alles zugewuchert. Sie überquerten das Feld und erreichten den Fuß einer baumlosen, felsigen Anhöhe, die sie erklimmen mussten. Nach der Landkarte lag auf der anderen Seite der Wildbach, dem sie eine Weile folgen mussten. Justus blieb stehen und suchte nach der besten Möglichkeit, nach oben zu kommen. Plötzlich hob er die Hand. »Da hat sich was bewegt!«

»Ein Tier?«, fragte Bob.

»Vielleicht. Wenn es Tiere in schwarzen Jacken gibt, die uns beobachten ...«

»Hunterman?«

»Hunterman oder – Catman. Mir schien, als hätte ich statt in ein Gesicht in eine Katzenmaske gesehen.«

»Eine ... Katzenmaske?«, fragte Peter erschrocken.

Justus nickte.

»Und wer ist Catman?«, fragte Bob.

»Jack. Der Hotelbesitzer hat den Mann im Pick-up so genannt, aber ich glaube, das ist ihm so herausgerutscht. Und später hat er uns vor ihm gewarnt. Aber vielleicht war es auch eine dritte Person«, überlegte Justus. »Noch jemand, der hier lebt.«

Bob und Peter starrten nach oben. Sie entdeckten nur Steine und Buschwerk, aber keinen Menschen, geschweige denn einen Katzenmenschen. »Vielleicht hast du dich ja auch getäuscht«, sagte Peter hoffnungsvoll.

Der Erste Detektiv sah ihn empört an. »Ein Justus Jonas irrt sich nicht. Da lang, Kollegen!« Entschieden schritt er los.

Nach einer Viertelstunde hatten sie die Hälfte der Anhöhe erklommen, doch statt weiter nach oben zu steigen, ging Justus ein Stück auf gleicher Höhe weiter, bis er zwei nebeneinanderliegende Felsen erreicht hatte. Er bedeutete seinen Freunden zu warten und begann damit, den Boden abzusuchen. Schon nach wenigen Augenblicken griff er nach etwas

und richtete sich auf. »Hab ich es doch gewusst! Eine Zigarettenkippe! Hier war jemand!«
»Die Zigarette könnte schon älter sein«, sagte Peter.
»Nein. Sie ist trocken. Sie stinkt noch. Nie und nimmer hat sie tagelang im feuchten Nebel gelegen. Ich sage doch: Wir werden beobachtet!«
»Fynch Hunterman habe ich nicht rauchen sehen«, sagte Bob. »Im Gegenteil, er scheint Raucher zu hassen. Als er uns das Zimmer zeigte, sagte er so etwas. Dann muss es Jack sein!«
Justus nickte. »Obwohl mir schien, dass gestern Huntermans Kleidung leicht nach Zigaretten roch«, sagte er.
Die drei ??? sahen sich noch einige Augenblicke um. Doch sie konnten keine weiteren Spuren entdecken. Also erklommen sie weiter die Anhöhe. Vor Anstrengung schnaufte Justus immer lauter, dennoch trieb er seine Freunde zur Eile an. Der Weg war noch weit.
Schließlich waren sie oben. Froh über eine kleine Pause blieben sie stehen und blickten in das Tal, das friedlich vor ihnen lag. Die Bergkette schien viele Wolken zurückzuhalten, denn die Vegetation im Tal ließ auf deutlich weniger Regen schließen als in der Gegend um das Hotel herum. Weiter unten floss der Bach vorbei, man hörte ihn bis oben rauschen. Flussaufwärts lag ein Wald, dahinter wurde die Vegetation buschartiger und das Tal gewann an Höhe. In der Ferne konnten die drei Freunde den Montgomery Mountain erkennen. Auf der Wiese unterhalb seines Gipfels musste das Flugzeugwrack liegen, doch die Entfernung war zu groß, um es bereits von hier sehen zu können.
Justus drehte sich in die andere Richtung. Flussabwärts, hinter dem Berg, den sie gerade bestiegen hatten, vermutete er die Hütte, in die sich der Pilot vor Jahren geflüchtet hatte. Er konnte einen sandigen Fahrweg sehen, der sich in wechseln-

der Entfernung zum Bach das Tal entlangwand. Im Geiste ging Justus die verschlüsselte Mitteilung durch, die ihm Hunterman gegeben hatte: *Laufe, bis du keine Luft mehr hast … Halte an, brich alles ab.* Sosehr er es auch gehofft hatte: Nichts von den Hinweisen konnte er mit irgendeinem Punkt in der Landschaft verbinden.

»Also weiter!«, sagte Justus und ging los.

Anschlag auf Justus

Als die drei ??? das Tal erreicht hatten, liefen sie auf dem Fahrweg weiter. Bob achtete auf die Natur, Peter dachte an Kelly und Justus an das Rätsel. Wie sollten in solch einem belanglosen Text Hinweise versteckt sein? Kein Wunder, dass sich die Schwester des Piloten und vielleicht auch Fynch Hunterman die Zähne daran ausgebissen hatten. *Denk an den Traum, den wir immer träumten …* »Es muss irgendeinen Kontext geben, der wie eine dieser roten Lösungsfolien über den Text gelegt werden kann und durch die man plötzlich alles sieht und alles seinen Sinn erhält«, murmelte Justus.

»Wie bitte?«, fragte Bob. »Das ist doch keine Antwort auf meine Frage!«

»Du wolltest etwas wissen?«

»Ja! Wie wir diesen Bach hier überqueren sollen! Wir können nicht weiter! Und du redest was von Folien und von Sinnsuche!«

»Ich war in Gedanken.« Justus sah sich um. Der Weg endete an einem Felsvorsprung. Mehrere Meter unter ihnen floss das Wasser wie in Zeitlupe durch eine kleine Schlucht. Hier musste der Bach eine enorme Tiefe haben. Flussabwärts wurde das Wasser schneller und schoss dann auf eine Schwelle zu, hinter der es rauschend ins Ungewisse hinunterstürzte.

Justus hob den Blick und sah, dass ihnen gegenüber auf der anderen Seite des Einschnitts der Weg weiterlief.

»Vielleicht nehmen wir die Brücke hier!« Peter hatte sich ein paar Schritte seitwärts in die Büsche geschlagen. »Wenn wir uns trauen. Ist eine Hängebrücke. Weiß nicht, ob sie dein Gewicht aushält, Just.«

»Hahaha! Sehr witzig!«

Peter untersuchte die Seile, die an in den Boden eingelassenen Eisenhaken befestigt waren. Als Justus und Bob herangekommen waren, trat er vorsichtig auf die erste Holzplanke. Er wippte und die Konstruktion schaukelte heftig. »Gehen wir lieber nacheinander«, schlug Peter vor. Vorsichtig ging er los und war nach ein paar Metern auf der anderen Seite angelangt. Er drehte sich um. »Schaukelt ein wenig, wie auf einem Schiff! Nehmt lieber ein paar Pillen gegen Seekrankheit!«
Bob lachte und folgte ihm ohne Probleme. »Nun du, Just!«, rief er. »Aber pass auf, ein paar Bretter sind morsch!«
Justus hasste es, über wackelige Untergründe zu gehen. Noch mehr hasste er es allerdings, wegen seiner etwas fülligen Statur aufgezogen zu werden. Selbstbewusst tat er den ersten Schritt. Die Brücke kam in unregelmäßige Schwingungen. Justus klammerte sich am Halteseil fest und ging vorsichtig weiter. Es fühlte sich an, als ob er bei jedem Schritt in ein Loch trat. Als er in der Mitte war, stoppte Justus und holte erst einmal Luft. Peter und Bob standen am anderen Ende und lehnten betont lässig an den Halteseilen. »Indiana Jones Jonas«, grinste Bob.
Justus sah noch, wie sich Peters Gesicht plötzlich zu einer Grimasse verzerrte: »Pass auf, Justus!« Da kam ihm auch schon ein Seil entgegengeschnellt. Die Bretter unter seinen Füßen gaben nach. Die übrigen Seile konnten die Last nicht mehr halten und rissen ebenfalls. Die Wände der Schlucht rauschten an Justus vorbei, er wurde herumgerissen, klammerte sich an allem fest, was er mit den Fingern fassen konnte, bekam irgendwie seinen Arm vor das Gesicht, da prallte er schon mit Wucht in dünnes Geäst und dann gegen die Felswand. Justus spürte, wie sein Brustkorb zusammengedrückt wurde. Er verlor jeden Halt, fiel scheinbar unendlich lange, dann war das rettende tiefe Wasser unter ihm. Inständig hoffte er, es sei tief

genug, schon umgab ihn nasse, grüne Kälte, die ihm die Luft nahm. Er schlug wild um sich, Blasen stiegen auf, prustend kam er wieder an die Oberfläche. »Justuuuus!«, drang Bobs entsetzter Schrei an sein Ohr.

»Anders rum!«, brüllte Peter. »Du bist gleich am Wasserfall!« Was war bloß mit seinem Orientierungssinn los? Das Wasser floss immer schneller. Justus wendete und schwamm mit aller Kraft gegen die Strömung. Er war ein weitaus besserer Schwimmer, als ihm viele zutrauten, und bald zog das Wasser wieder gemächlicher an ihm vorbei. Er konnte mit gedrosseltem Tempo die Schlucht hinaufschwimmen. Er fühlte sich wie neu geboren.

»Bist du okay?«, rief Bob.

Justus nickte, holte Luft und rief betont munter: »Mir geht's bestens. Wollte mich nur mal abkühlen!«

Erleichtert lachte Peter. »Ich mach auch nie mehr Witze darüber, dass du zu dick bist!«

»Versprich nichts, was du nicht halten kannst«, schnaufte Justus. Er schwamm weiter, bis das Wasser flacher wurde und er den Eingang zur Schlucht passierte. Mit ein paar kräftigen Zügen erreichte er das Ufer und kletterte zitternd an Land. Erst jetzt spürte er den Schreck. Das hätte leicht schiefgehen können.

Bald hatte er sich wieder etwas beruhigt. Sein Brustkorb schmerzte, doch sonst ging es ihm gut. Dafür schienen seine Freunde noch ziemlich aufgeschreckt zu sein. Obwohl er ihnen beruhigend zuwinkte, kamen Peter und Bob hektisch den Abhang heruntergeklettert. Als sie bei ihm angekommen waren, verstand er, warum.

»Dein Sturz war kein Zufall«, sagte Peter. »Auf der anderen Seite waren die Seile angeschnitten!«

Bob ergänzte: »Hier ist doch weit und breit kein Mensch! Das

muss uns gegolten haben! Das kann nur eins bedeuten: Irgendjemand möchte nicht, dass wir weiter nach dem Versteck suchen! Aber woher weiß er das überhaupt?« Er sah sich um, gefasst darauf, dass jemand sie beobachtete.
»Eigentlich weiß nur der Hotelbesitzer Bescheid«, sagte Justus. »Und Jack weiß zumindest, dass wir hier sind.«
»Den habe ich auch eher im Verdacht. Ich habe allerdings keine Ahnung, wie das alles zusammenhängen soll.« Die drei ??? stiegen zurück auf die Felskante und untersuchten noch einmal gemeinsam die Schnittstellen. Sie waren frisch. Es sah wirklich ganz danach aus, als wollte sie jemand mit allen Mitteln von der Suche nach dem Kästchen abhalten.
»Ich spare mir den Vorschlag, unser Projekt jetzt aufzugeben«, sagte Peter. »Außerdem bin ich nun selber neugierig! Wir müssen aber um einiges vorsichtiger sein!«
Justus sah seinen Freund erstaunt an. Er hatte eher damit gerechnet, dass Peter die Sache zu heiß geworden war. »Umso besser!«, sagte er und lief los. »He, du bist doch pitschnass«, rief ihm Bob hinterher, aber Justus zuckte nur mit den Schultern.
Nach einer Weile verließen sie die Anhöhe, und ihr Weg näherte sich erneut dem Bach. Die Bäume gingen in Buschwerk über und die Sicht war nun einigermaßen frei. Der Montgomery Mountain rückte näher, sie kamen zügig voran. Doch plötzlich hielt Justus seine Freunde zurück. »Das ist merkwürdig!«, murmelte er. Er verließ den Weg und stapfte querfeldein zum Bach.
Peter und Bob sahen sich erstaunt an und folgten ihrem Freund. Justus stand jetzt auf einem länglichen Steinhaufen und zeigte auf das Wasser, das sich hier zu einem kleinen See angestaut hatte.
»Was ist daran so seltsam?«, sagte Peter. »Das ist ein Staudamm.«

»Zumindest war es mal einer«, sagte Justus. »Und zwar kein gewöhnlicher, wie ihn spielende Kinder bauen. Dazu war er viel zu mächtig! Doch im Lauf der Zeit hat sich das Wasser seine Bahn zurückerobert.« Er stakste über die Steine auf die andere Seite. »Habe ich es mir doch gedacht! Da muss jemand vor Jahren den ganzen Bach umgelenkt haben! Das Gelände bietet sich geradezu dafür an: Das ist eine richtige Wasserscheide hier! Für eine oder zwei Meilen hat das Wasser damals einen anderen Verlauf genommen und die Anhöhe mit der Schlucht umgangen.«
Peter war immer noch nicht klar, was daran so aufregend sein sollte. »Das kann nur eins bedeuten: Die Person hat mit diesem Staudamm das Becken trockengelegt«, sagte Justus. »Das Becken, in das ich vorhin hineingestürzt bin.«
»Könnte das der Geheimdienst gewesen sein?«, fragte Peter überrascht. »Auf der Suche nach der Botschaft des Piloten?«
Justus schüttelte den Kopf. »Der Geheimdienst hat Taucher und allerhand Gerät. Die müssen nicht so einen Aufwand treiben.«
»Wer war es dann?«, sagte Peter.
»Fynch Hunterman«, sagte Justus bedächtig. »Er hat gestern erzählt, dass er nicht schwimmen kann. Als du ihn auf die Seen hier angesprochen hast, Peter. Durch den Staudamm fand er eine Möglichkeit, das Becken nach der geheimen Botschaft abzusuchen.«
»Aber er hat doch erzählt, er habe sich um das Versteck gar nicht gekümmert?«
»Offenbar doch. Auch Fynch hat gesucht, und zwar wie ein Verrückter. Es muss Wochen gedauert haben, den Fluss so umzulenken, dass die Schlucht leerlief. Doch niemand hat das Versteck gefunden, weder die Polizei noch der Geheimdienst

noch die Schwester des Piloten noch Fynch Hunterman. Ansonsten hätte er uns nicht damit beauftragt.«

»Beauftragt …? Du meinst, er hätte uns das Rätsel nicht gezeigt.«

Justus nickte. »Ja, Peter. Und befohlen, dass wir das Versteck gefälligst finden sollen!«

»Jedenfalls hat uns der Hotelbesitzer glatt angelogen, als er sagte, er hätte sich nicht um das Rätsel gekümmert«, sagte Bob. »Ganz im Gegenteil! Wahrscheinlich wollte er die Bedeutung des Kästchens für sich herunterspielen.«

Peter schwieg einen Moment. Dann sagte er: »Und wenn das nicht seine einzige Lüge war? Die ganze Geschichte klingt doch seltsam: Ein Geheimagent, der in den Bergen eine Notlandung macht. Verfolgt von irgendwelchen bösen Leuten. Die CIA taucht auf und alle suchen das Kästchen, das er angeblich versteckt hat. Warum verrät er das Versteck nicht einfach den Guten? Also dem Geheimdienst? Konnte er etwa nicht mehr reden oder schreiben oder denken oder was weiß ich? Wieso muss Jahre später eine Frau, die sich als Schwester von Dexter ausgibt, mit einem Rätsel auftauchen und weitersuchen? Warum kommt Dexter nicht selbst? Je länger ich darüber nachdenke, desto mehr denke ich: Das ist doch alles abstrus, unlogisch und vollkommen bescheuert!«

Justus sah seinen Freund überrascht an. »Das war ja eine richtig lange Rede«, sagte er. »Aber die Punkte, die du nennst, sind mir natürlich bereits aufgefallen. Doch manchmal ist die Wirklichkeit abstrus. Möglicherweise trug der Pilot ein Geheimnis mit sich, das niemand in die Hände bekommen sollte, weder die ›Guten‹ noch die ›Bösen‹. Wir wissen eben nicht, was dahintersteckt! Aber vielleicht hat uns Fynch Hunterman auch einfach kräftig an der Nase herumgeführt.«

Nachdenklich gingen sie weiter.

Ein Werk der Zerstörung

Die Sicht wurde freier und sie schritten zügig voran. Doch immer wieder hielten Justus, Peter und Bob an und suchten die Gegend nach ihrem Verfolger ab. Unsicherheit hatte sich eingeschlichen und sie wussten nicht, ob das nur von dem Zwischenfall in der Schlucht kam oder auch von der undurchsichtigen Rolle, die Fynch Hunterman zu spielen schien. Was, wenn das Ganze eine Falle war?

Wenigstens war das Flugzeugwrack nun in der Ferne zu erkennen: Immer wieder spiegelte sich das Sonnenlicht an den Metallteilen. Obwohl er teilweise überwachsen war, war der Rumpf des Fliegers gut auszumachen und auch eine der Tragflächen. Der andere musste bei der Landung abgebrochen sein. Nachdenklich knetete Justus seine Unterlippe. »Wenn ich wenigstens wüsste, wie dieses Rätsel verschlüsselt worden ist.« Er zog die Abschrift des Rätsels, die er sich gemacht hatte, hervor.

Denk an den Traum, den wir immer träumten.
Beginne am Ort.
Laufe, fünfzig weit, bis du keine Luft mehr hast, aber dann ist es Okay.
Mache die Pause, drei Minuten, steige dann die letzten Meter hinab.
Halte an, stopp, sieh dich um, brich alles ab.
Dann findest du mehr als das Wrack.

»Ich finde einfach keinen Ansatzpunkt!«, sagte Justus. »Welchen Traum die beiden geträumt haben, das wissen nur sie selbst. Von was träumt man? Das kann ja fast alles sein.

Geld, Glück, Liebe … wir wissen einfach zu wenig von Max Dexter, dem Piloten. Aber auch die Hinweise in seinem Text sind nicht gerade hilfreich. Es liest sich alles so normal. Keine alten griechischen Götter, keine rätselhaften Namen, nichts.« Frustriert steckte Justus den Zettel wieder ein. Auch Peter und Bob wussten nicht weiter. Nach ein paar Schritten sagte Peter: »Es muss aber um etwas Sportliches gehen. Jedenfalls scheint alles sehr schnell gegangen zu sein. *Laufe, bis du keine Luft mehr hast.* Oder man muss eine Höchstleistung vollbringen, um an das Versteck zu kommen.«

Justus nickte Peter anerkennend zu. »In eine ähnliche Richtung habe ich auch schon gedacht. Aber bisher war das eine Sackgasse. Welches Versteck sollte man hier in dieser Landschaft finden, das man nur rennend erreichen kann und nicht auch gemächlich?«

»Etwas, das sich bewegt?«

»Mhhm.«

Sie liefen weiter. Nach einer halben Stunde begann der Anstieg zu der Wiese, die sich der Pilot vor Jahren für seine Notlandung ausgesucht hatte. Als sie oben angekommen waren, hatte die Sonne noch nicht den höchsten Stand erreicht. Ihre Neugier hatte die drei ??? zur Eile getrieben. Keuchend vor Anstrengung blieb Justus stehen und zeigte nach vorne: »Da ist es!«

Das Flugzeugwrack lag gut hundert Meter entfernt. Direkt vor ihnen ragte ein Teil des abgebrochenen Seitenflügels aus der Erde.

»Muss eine ganz schöne Bruchlandung gewesen sein«, sagte Bob.

Die drei ??? liefen weiter zum Flugzeug. Der Rumpf der einmotorigen Privatmaschine war noch erhalten, allerdings hatten sich im Laufe der Jahre Gräser und Büsche seiner bemächtigt. Wind und Wetter hatten das Ihrige getan. Der Lack war abgeblättert. Dicke Rostlöcher gaben den Blick ins Innere des Rumpfes frei.

Die Überreste der Tür hingen nur noch an einer Angel und Justus kletterte in das Innere. »Wow!«, entfuhr es ihm. Hier musste sich jemand sehr genau umgesehen haben: Die gesamte Innenverkleidung war herausgerissen worden, die Sitze aufgeschlitzt, die Instrumente zertrümmert. Das konnte unmöglich vom Unfall stammen. »Hier hat jemand systematisch alles durchsucht!«, sagte er.

Peter hatte sich den Motor am Bug des Flugzeugs vorgenommen und Ähnliches entdeckt. »Komplett kaputt«, rief er, »aber nicht fachgerecht auseinandergenommen, sondern mit roher Gewalt. Hier waren Hammer und Brecheisen am Werk!«

»Was haben die bloß gesucht?«, fragte sich Bob, der sich das Heck des Fliegers angesehen hatte. Auch hier waren deutlich Schäden zu erkennen, die nicht vom Unfall stammen konnten.

»Au!«

»Peter?«

»Ich habe mich geschnitten, verdammt!«

Bob lief zu ihm. »Zeig mal!«

Peter hielt sich den Unterarm. Blut rann hinab. »Hier an der rostigen Kante, als ich die Hand zurückziehen wollte. Mist! Krieg ich jetzt eine Blutvergiftung?« Seine Stimme klang weinerlich.

»Glaube ich kaum. Aber bist du gegen Tetanus geimpft? Über Wundstarrkrampf musst du dir viel eher Sorgen machen!«

Peter nickte. »Ich habe erst letztens meine Tetanus-Impfung aufgefrischt. Da ist meine Mutter ziemlich hinterher.«

»Dann sollte eigentlich nichts passieren. Aber zeig doch mal.«

Peter hielt Bob den Arm hin und sah dabei weg. Bob zog ein

sauberes Taschentuch hervor, befeuchtete es mit Wasser aus seiner Trinkflasche und säuberte vorsichtig die Wunde. »Ist halb so wild«, sagte er, »nur eine mittelgroße Schramme. Schätze, zwei, drei Stunden wirst du schon noch am Leben bleiben!«

»Depp!« Aber Peter lachte schon wieder.

»Am besten, du bleibst hier draußen sitzen, schaust runter ins Tal und erholst dich von dem Schreck. Reib Spucke drauf, das desinfiziert. Und drück das Taschentuch fest drauf.«

Justus steckte seinen Kopf durch die Seitentür. »Alles klar bei euch?«

Bob setzte eine zerknirschte Miene auf. »Peter hat sich verletzt. Wir müssen ihn leider gemeinsam runtertragen.«

»Was?« Erschrocken kletterte Justus aus dem Flugzeug und starrte in Peters Gesicht. Der grinste. Augenblicklich entspannte sich Justus. »Ach so! Alles halb so wild? Das kriegt ihr zurück, ihr beiden!«

Sie lachten gemeinsam. Dann ließen Justus und Bob Peter am Rumpf zurück und gingen auf die Bergseite des Fliegers, um die Schäden dort zu betrachten.

Auf dieser Seite war bei der Landung der Flügel abgerissen worden. Justus und Bob untersuchten die Bruchstelle, dann die Seitenverkleidung. Auch sie war in regelmäßigen Abständen aufgeschlitzt worden.

Gerade als Bob seine Hand vorsichtig in eine der Öffnungen stecken wollte, um zu prüfen, ob sich etwas dahinter verbarg, hörte er vom Berg her ein dumpfes Grollen. Erschrocken wandte er sich um. Im selben Moment rief Justus: »Weg! Schnell, Bob!« Er riss seinen Freund zu sich hoch. Aus den Augenwinkeln bemerkte Bob, dass vom Abhang über ihnen, vom Montgomery Mountain, Steine heruntergepoltert kamen. Einen Moment lang war er wie gelähmt. Gewaltige

Felsbrocken rollten auf sie zu, dazwischen hopsten kleinere Steine wie Gummibälle. Das Donnern wurde immer lauter. Justus zerrte an Bobs T-Shirt, und seine Erstarrung löste sich. Sie rannten los. Neben ihnen flog bereits ein Felsbrocken über das Flugzeug, andere Steine prallten gegen umherliegende Felsen oder rauschten vor ihnen ins Gebüsch. Es war, als ob sie unter Beschuss stünden.

Justus und Bob wetzten um den Bug des Flugzeugs, gerade noch rechtzeitig. Ein Geschoss knallte durch die Außenwand des Flugzeugs und blieb im Inneren stecken. Schreckensbleich kauerten sich die beiden Detektive neben Peter, der seine Freunde fassungslos anstarrte.

»Eine Steinlawine«, brüllte Justus, »das ist ein Anschlag auf uns!«

Ein Brocken fetzte über den Flieger und durchbohrte den Flügel. Die drei ??? duckten sich tief hinter das Flugzeug und hofften, dass der schwere Motorblock ihnen Schutz bieten würde. Dann war es plötzlich ruhig. Eine Staubwolke lag in der Luft. Justus hustete. »Ich hasse die Natur«, sagte er.

»Zumindest wenn Menschen sie loslassen«, ergänzte Bob. »Bist du dir sicher mit dem Anschlag?«

»Was sonst soll die Lawine ausgelöst haben?«, fragte Justus. »Gut, ein Tier, aber das wäre schon ein großer Zufall. Ich tippe auf unseren Verfolger! Lasst uns hier abhauen!«

»Und wenn der Attentäter noch da ist?«, fragte Peter.

Justus stand auf und sah den Abhang des Montgomery Mountain hoch. Nichts deutete mehr darauf hin, dass sie soeben knapp mit dem Leben davon gekommen waren. Bei den Gipfelfelsen zog ein Greifvogel seine Kreise. »Der weiß es«, murmelte Justus.

Zukunftsträume

Die drei ??? setzten sich zusammen und beratschlagten, was sie nun tun sollten. »Eins ist jedenfalls nun klar«, sagte Justus, »es geht um etwas Wertvolles. Egal, ob Huntermans Geschichte stimmt oder nicht: Hier wurde systematisch gesucht, das Wrack zerlegt, Wasser umgeleitet. Und irgendjemandem passt es nicht, dass wir an alten Geschichten rühren!«
»Gehen wir mal davon aus, dass der Schlüssel für alles die Notlandung war«, sagte Bob. »Der Pilot hat irgendetwas mitgenommen. Nehmen wir weiter an, er hat sich bei der Landung nicht so sehr verletzt, dass er sich nicht mehr fortbewegen konnte. Was hätten wir an seiner Stelle getan?«
»Nach Hilfe gesucht«, sagte Peter.
Justus sah sich um. »Die Chancen, auf Menschen zu treffen, sind im Tal am größten«, sagte er. »Drum herum gibt es nur einsame Berge. Vermutlich wäre er als Erstes auf diese Kuppe gegangen« – Justus wies zur Seite, wo ein Hügel lag – »und hätte sich ein Bild von seiner Lage gemacht.«
»Dann tun wir's doch«, sagte Bob.
Peter besah sich seine Wunde. Sie hatte aufgehört zu bluten. »Okay.«
Sie standen auf und wanderten auf den nahe gelegenen Aussichtspunkt. Wie erwartet, konnte man von hier die Gegend gut überblicken. Vor ihnen lag das Tal, an den Rändern zogen sich beiderseits die Bergkämme entlang, immer wieder unterbrochen von Stein- und Felsformationen, die wie unregelmäßige Meilensteine die Ränder säumten.
Weit unterhalb von ihnen lag der kleine Berg, an dessen Fuß sich das Hotel befand. Auf der anderen Seite musste die Hütte liegen, in die sich Dexter angeblich geflüchtet hatte. Beide

Gebäude waren nicht zu sehen. »Ich nehme an, dass ein Fernglas zur Ausrüstung des Piloten gehört hat«, sagte Justus. »Der Überfallene war ein Naturforscher.«
»Willst du dein Fernrohr haben?«, fragte Bob und kramte es aus seinem Rucksack.
»Danke!« Justus besah sich die Gegend ein zweites Mal. »Rauch!«, sagte er plötzlich. »Hinter dem Berg, an dem das Hotel liegt, steigt Rauch auf! Auf der anderen Seite! Wenn das auch damals so war, hat Dexter gewusst, wo er am schnellsten Hilfe finden konnte! Dort muss ja die Hütte liegen, in der Jack, der Pick-up-Fahrer, wohnt!« Justus veränderte die Position des Fernrohrs. »Ich kann an verschiedenen Stellen den Weg erkennen, der in diese Richtung führt!«
»Dann gehen wir los«, schlug Bob vor. »Genau wie er. Ich würde erst einmal den Hang runterlaufen. In etwa so, wie wir gekommen sind.«
Justus hielt ihn zurück. »Warte. Wenn Dexter etwas verstecken wollte, dann hat er vielleicht gleich hier nach einem passenden Platz dafür gesucht. Einen besseren Überblick wird er nirgends bekommen! Und außerdem heißt es in dem Rätsel: *Beginne am Ort!* Das hier ist der Ort! Des Flugzeugunglücks.«
»Aber warum hat er sein geheimes Was-immer-es-auch-ist-Ding nicht einfach beim Wrack gelassen?«, fragte Peter.
»Hier war die Chance zu groß, dass es jemand anderes findet«, antwortete Justus. »Und zur Hütte wird er es auch nicht mitgenommen haben. Dort hätte man es ihm leicht abnehmen können. Er muss es unterwegs versteckt haben, um später unbemerkt zurückzukommen. Diesen Punkt an Huntermans Geschichte kann ich gut nachvollziehen. Um das Versteck später wiederzufinden, hat er es sich als Gedächtnisstütze verrätselt. Vielleicht auch für eine Vertraute wie seine Schwester,

weil er ahnte, dass er selbst nicht mehr zurückkommen würde. Sei es durch eine Verletzung, oder sei es, weil er unter Beobachtung stand. Es muss irgendein Platz sein, der nicht allzu weit von seiner Strecke weg liegt und der doch so markant ist, dass man ihn Jahre später wiederfinden würde.« Justus blickte noch eine Weile in der Gegend herum und setzte das Fernrohr wieder ab. »Da gibt es viele Möglichkeiten! Interessante Megasteine, die aussehen wir riesige Hühnereier, verwitterte Bäume … Zu blöd, dass sich uns dieses Rätsel verweigert.«
»Der Schlüssel zu allem muss mit den in dem Rätsel angesprochenen Träumen zu tun haben«, sagte Bob. »Das beschäftigt mich immer noch. Wovon träumst du denn, Justus?«
Justus runzelte die Stirn. »Na, einem Koffer voller Geld!« Er lachte. »War ein Scherz, das natürlich auch, aber – eine Computerschmiede aufzumachen, die ein paar Jahre später mindestens so berühmt ist wie Apple! Oder ich werde Chef des Polizeipräsidiums von Los Angeles. Na ja, vielleicht eher nicht, das muss ziemlich heftig sein. Detektivarbeit sollte lieber mein Hobby bleiben. Filmregisseur wäre auch noch was: Alle nach meiner Nase tanzen zu lassen und trotzdem müssen mich alle mögen!«
Bob schmunzelte. »Das passt zu dir, ja!«
»Und du, Bob?«
»Nun, außer dem Koffer voller Geld … ein toller Romanautor zu werden! Ja, Krimis schreiben, die überall auf der Welt gelesen werden! Oder ich gründe eine Rockband und gehe auf Tournee. Die Eintrittskarten werden auf dem Schwarzmarkt gehandelt und kosten hunderte von Dollar!«
»Und nach den Konzerten warten tausende von Mädels auf dich, die dir vorher schon bergeweise ihre Teddybären auf die Bühne geworfen haben«, ulkte Peter. »Wenn dir das mal nicht zu Kopfe steigt, mein lieber Bob!«

»Das musst *du* gerade sagen!«, bemerkte Bob. »Du bist ja nur neidisch! Am liebsten würdest du doch sofort mit mir tauschen, oder? Begründest ein ganz neues Berufsbild: Frauenheld!«
»Nee, ich mach eine Surfschule auf.«
»Mit Kelly?«, fragte Bob amüsiert. »Kelly zwischen all den gut aussehenden Surfern? Dann erlebst du ja täglich ein Eifersuchtsdrama!«
Peter tat so, als hörte er nicht hin. »Eine Surfschule, eine Segelschule und eine Tauchschule, denn alles, was mit Wasser …«, sagte er und unterbrach sich plötzlich. »Justus, bitte sag das Rätsel noch mal auf!«
Justus wiederholte das Rätsel. Als er bei der Zeile *Mache die Pause, drei Minuten, steige dann die letzten Meter hinab* war, wusste Justus, warum Peter nachgefragt hatte. »Es geht ums Tauchen!«, rief er aufgeregt. »Peter! Du hast recht! Man muss nach den Regeln beim Auftauchen einen Sicherheitsstopp machen, bei etwa drei bis fünf Metern. *Die Pause.* Peter, ich könnte dich küssen!«
»Bitte lass es!« Angewidert verzog Peter das Gesicht.
»Ich habe es auch nur bildlich gemeint«, sagte Justus. »Tauchen, das passt wunderbar! Es geht ja in dem Rätsel auch dauernd um Luft! Wartet!« Justus holte den Zettel hervor, auf dem der Text notiert war.
Voller Eifer beugte sich Peter über das Blatt. »Das sind … das sind lauter Tauchzeichen«, sagte er. »Unter Wasser kann man ja nicht sprechen, also gibt es eine Handzeichensprache. *Laufe, fünfzig weit,* fünfzig, das geht so«, sagte Peter und machte eine Faust, *»bis du keine Luft mehr hast* – und das geht so« – Peter hielt sich die flache Hand waagerecht an den Hals –, *»aber dann ist es Okay.«* Peter formte mit dem Daumen und dem Zeigefinger einen Kreis und streckte die restlichen Finger

nach oben. »Und so weiter: *Mache die Pause, drei Minuten* – das ist der Hinweis auf das Tauchen –, *steige dann die letzten Meter hinab«* – er streckte die Daumen nach unten –, *»Halte an, stopp«* – er hielt die flache Hand frontal –, *»sieh dich um, brich alles ab* – da kreuzt man die Arme zu einem X. *Dann findest du mehr als das Wrack.* Du findest mehr als das Wrack, also das, was du eigentlich suchst: den Schatz! Was immer es ist, dieser Schatz!« Peter strahlte. Er hatte das Rätsel gelöst!

»Dann bin ich mal gespannt, was wir entdecken!«, sagte Justus. Er wandte sich um und richtete das Fernrohr auf den Hügel. »Aber bevor wir anfangen, muss ich sichergehen, das wir nicht verfolgt werden«, sagte er. »Zumindest nicht so nah, dass die Person uns belauschen kann.«

Als er eine Weile geschaut hatte, drehte er sich zufrieden um. »Sieht so aus, als wäre niemand in der Nähe. Und nun sag mir noch mal die Reihenfolge der Zeichen, Peter! Ich vermute, die Analogien liegen in der Landschaft.«

»Die Analogie?«, fragte Bob und grinste Peter an.

»Das hatten wir leider gestern nicht in der Schule«, antwortete Peter. »Tut mir leid, Justus, ich kann mir zwar denken, was du meinst, aber erkläre dich bitte noch einmal!«

Die Gleichung geht auf

»Analogie«, erklärte Justus, »bedeutet, dass sich zwei Strukturen aus unterschiedlichen Zusammenhängen gleichen, also analog sind. So kann eine ausgedachte Romangeschichte Analogien zum Leben bestimmter Menschen haben. Ich vermute, die Formen der Handzeichen finden sich in der Landschaft wieder. Wie war die Reihenfolge noch mal, Peter?«
»Faust, flache Hand, Kreis mit Fingern in der Höhe«, sagte Peter.
Justus suchte die Gegend ab. »Tatsächlich«, sagte er plötzlich, »da ist es: Diese fetten Eiersteine sehen aus wie Fäuste, an einigen geht eine Art flacher Höhenzug weiter, wie das Zeichen für ›Habe keine Luft mehr‹, und an einen davon schließt sich tatsächlich ein Eierstein an, der drei längliche Felsen im Hintergrund hat! Das ist das Okay-Zeichen!«
Die drei ??? merkten, wie ihnen das Blut durch die Adern schoss: Sie hatten eine Spur! Und was für eine!
»Der Text geht weiter«, sagte Peter aufgeregt. *»Mache die Pause, drei Minuten, steige dann die letzten Meter hinab. Halte an, stopp, sieh dich um, brich alles ab!«*
»Also die ausgestreckte Hand frontal und ein X.« Justus starrte durch das Fernrohr. »Keine Ahnung. Wahrscheinlich sind das die Hinweise, wenn man den entsprechenden Ort erreicht hat. Er liegt übrigens genau so, wie ich es eingeschätzt habe. Ein wenig unterhalb des markierten Steins, der aussieht wie das Okay-Zeichen, scheint der Weg zur Hütte auf, sodass das Ganze kein großer Zeitverlust für Dexter gewesen wäre.«
Bob nickte. »Dann lass uns gehen. An Huntermans Geschichte scheint also doch etwas dran zu sein.«
Mit neuem Eifer liefen die drei ??? den Abhang hinunter. Ab

und zu blieben sie stehen und kontrollierten die Gegend. Ihren Verfolger sahen sie nicht. Er musste also mit deutlichem Abstand folgen, denn viel Sichtschutz hatte er auf der Wiese nicht.
Aber im Tal würde es anders werden. Dort boten Buschwerk, Felsen und kleinere Wälder immer wieder die Möglichkeit, dichter an die drei ??? heranzukommen. Es war klar: Sie mussten sich etwas einfallen lassen, wenn sie nicht ausgerechnet bei der Suche nach dem Versteck eine böse Überraschung erleben wollten.
»Ich nehme an, dass es eine einzelne Person ist, die hinter uns her ist«, sagte Justus. »Der Typ mit der Maske. Ich schlage vor, wir teilen uns auf! Dann muss er sich entscheiden. Das hat uns schon öfter geholfen!«
»Ich hasse aufteilen!«, sagte Peter. »Immer erwischt es mich und ich muss dann alleine gehen!«
»Du bist nun mal der Sportlichste! Das ist ein Argument für diese Variante«, sagte Justus. »Und außerdem standen bei dem Anschlag mit den Steinen schon Bob und ich unter Beschuss!«
»Na und? Dann habt ihr ja schon Übung!«
»Peter, das gilt nicht, ich …«
»Hört auf«, sagte Bob und hob beschwichtigend die Hände. »Ich habe einen Vorschlag: Wir lassen einfach die Vernunft entscheiden!«
»Ach, ja«, sagte Peter misstrauisch, »und wie willst du sie fragen? Sitzt sie vielleicht auf dem Baum und gibt uns einen guten Rat?«
Bob schüttelte den Kopf und lachte. »Nein. Ich persönlich habe die Vernunft im Gehirn. Also. Tatsache ist: Wir werden verfolgt! Jemand möchte uns davon abhalten, das Rätsel zu lösen. Wir vermuten, es ist der Mann mit dem Pick-up, Jack,

aber wer dahinter steckt, das ist vorläufig nicht wichtig. Jedenfalls will er nicht, dass das Rätsel gelöst wird, klar? So: Und wer von uns dreien kann Rätsel erwiesenermaßen am besten lösen?«

»Ich«, sagte Justus wie aus der Pistole geschossen und merkte zu spät, was er damit angerichtet hatte.

»Also wird er Justus verfolgen«, fuhr Bob gleich fort. »Er ist nun mal der Rätselkopf. Justus lenkt den Typen ab, Peter und ich finden das Versteck! Dazu braucht es sowieso zwei, dann hat man mehr Ideen.«

»Halt! Ihr könnt mich doch nicht im entscheidenden Moment …«, protestierte Justus aufgeregt, doch Bob unterbrach ihn entschieden. »Hast du etwa ein Gegenargument?«

Justus fiel auf die Schnelle nichts ein.

»Siehst du!«, sagte Bob zufrieden. Ein sprachloser Justus – das war selten. Bob musste handeln, solange er die Oberhand hatte. »Abgemacht! Nun lasst uns den Plan ausarbeiten.«

»Halt!«, sagte Justus. Weil er so mit sich und der Betonung seiner Fähigkeiten beschäftigt gewesen war, sah er erst jetzt den Haken an Bobs Vorschlag. »Woher soll Jack überhaupt wissen, dass ich das Superhirn bin?«

»Weil …«, sagte Bob und überlegte kurz. »Wenn er uns die ganze Zeit beobachtet hat, ist es nicht schwer zu erkennen, dass du unser Anführer bist.«

»Oder zumindest so tust«, ergänzte Peter grinsend.

Doch Bob ließ sich nun nicht mehr unterbrechen. »Egal jetzt. Wir suchen einen geeigneten Rastplatz. Am besten in der Nähe des – ich nenne ihn mal: Okay-Felsens! Dort übergeben wir Justus einen Zettel. Natürlich nicht den mit dem Rätsel, irgendetwas anderes. Justus sagt, er müsste mal pinkeln, und verschwindet.«

»Schlechter Plan. Denn ich würde nie so etwas Plattes sagen

wie: Ich muss mal pinkeln«, erklärte Justus. »Ich formuliere lieber: Ich muss einmal dorthin, wo auch der Kaiser zu Fuß hingeht.«
»Wie du willst, Justus, du kannst dich auch gepflegt ausdrücken. Doch von deinem kaiserlichen Gang kommst du nicht zurück, weil du einfach in die gegenüberliegende Richtung verschwindest. Peter und ich sitzen hier und vermissen dich auch gar nicht. Weil wir ja so tun, als ob du auf Verstecksuche bist. Der Verfolger wird denken, dass wir denken, dass er denkt, Peter und ich würden das Rätsel lösen und Justus sei nur eine Ablenkung, und dann denkt er weiter: Also muss ich gerade Justus verfolgen! Er ist sowieso der Anführer!«
Justus sagte: »Und wenn er denkt, dass wir denken, er würde denken, ihr zwei würdet das Rätsel lösen und ich sei nur eine Ablenkung, und deswegen denken würde, er müsse also mich verfolgen, dann kann er doch weiterdenken und sich denken, dass wir uns das auch denken und ich in Wirklichkeit doch nichts als eine reine Ablenkung bin?«
»So weit denkt er nicht«, sagte Bob.
»Mach mir mal den Knoten aus dem Gehirn«, bat Peter.
»Okay«, sagte Justus. »Von mir aus können wir so vorgehen.«
»Und wenn du merkst, dass er die Verfolgung aufgenommen hat, gibst du den Ruf des Rotbauchfliegenschnäppers ab, dann wissen wir Bescheid«, schlug Bob vor.
»Einverstanden. Aber was, wenn ich in Gefahr gerate?«, fragte Justus. »Der Kerl mich bedroht? Schließlich bin ich allein!«
Bob schwieg einen Moment. Darauf hatte er keine Antwort.
»Du musst uns zu Hilfe rufen«, sagte er, »aber das wird dauern.«
»Egal. Ich lasse mir was einfallen. Eine Schusswaffe hat unser Verfolger vermutlich nicht, sonst hätte er sie längst einsetzen können! Und sämtliche Hängebrücken werde ich meiden.«

»Wie treffen wir uns wieder?«, fragte Peter.
Justus überlegte. »Der Platz mit dem Versteck liegt etwa in der Gegend, wo wir vom Hotel aus ins Tal abgestiegen sind. Am besten treffen wir uns auf dem Berggrat. Wir verständigen uns mit dem Vogelruf. Dann wandern wir gemeinsam zurück ins Hotel.«
Bob und Peter nickten. Doch bis zum vereinbarten Ort war es noch ein ganzes Stück. Außerdem mussten sie die zerstörte Hängebrücke umgehen. Sie machten sich auf den Weg, fanden eine geeignete Stelle, an der sie durch das Wasser waten konnten, und schlugen sich auf der anderen Seite durch das Gestrüpp wieder auf den Fahrweg zurück.
Sie sprachen wenig. Müde und erhitzt erreichten sie über eine Stunde später die Gegend, die unterhalb des Okay-Steins lag. Sie suchten einen Rastplatz. Ihre lange Wanderung hatte viel Kraft gekostet. Als der Wald an einer Stelle die Sicht freigab, konnten die drei ??? erkennen, dass zwischen dem runden Stein und den dahinter wie Finger aufragenden Felsen doch mehr als hundert Meter lagen. Nur die Perspektive vom Hügel aus hatte sie als zusammenhängendes Ganzes erscheinen lassen. Hier unten waren sie nichts weiter als zwei unauffällige Steine und Felsen unter vielen weiteren unauffälligen Steinen und Felsen. Selbst wenn man den Code geknackt hätte, wäre man an diesem Ort nie auf die Idee gekommen, dass ab jetzt die Suche richtig heiß wurde.

Die Falle der drei

Die drei ??? fanden einen schattigen Platz unter einer Baumgruppe. Ein paar größere Steine waren wie geschaffen als Sitzgelegenheiten. Bob packte eine Trinkflasche aus, auch die Packung Würste, die Peter eingesteckt hatte.
Unterwegs hatten die drei ??? trockenes Holz gesammelt. Peter schichtete es auf, das dünne Reisig zuunterst. Mithilfe eines Feuerzeugs und einer alten Zeitung, die Peter schon seit Monaten in seinem unaufgeräumten Rucksack mit sich herumschleppte, gelang es ihm, ein kleines Lagerfeuer zu entfachen. Sie spießten die Würste auf und brieten sie. Dabei unterhielten sie sich über Themen, die nichts mit dem Fall zu tun hatten. Gerade waren sie bei Musikbands angelangt, die Bob bei der Agentur Sax Sandler betreut hatte.
»... also ich finde, die Beatclocks sind 'ne gute Band!«, sagte Peter.
»Nein«, entgegnete Bob. »Wenn du die Typen näher kennen würdest, so wie ich, dann wüsstest du, dass das die totalen Vollpfosten sind!«
Da schlug sich Justus gespielt auf die Stirn. »Das ist die Lösung, Kollegen!«, sagte er mit halblauter Stimme, sodass man es noch einige Meter weit hören konnte. »Vollpfosten! Wartet mal!« Er sprach leiser und zog einen geheimnisvollen Zettel aus der Tasche. Es war nichts weiter als ein alter Kassenzettel aus dem Supermarkt, aber das konnte man auf die Entfernung nicht erkennen. Justus senkte die Stimme bis zum Flüstern. Dann zeigte er auf die Seite des Tals, die dem gesuchten Felsen entgegengesetzt war. Die drei ??? taten so, als würden sie heftig diskutieren. Schließlich stand Justus auf. Grinsend und etwas überlaut sagte er: »Ich muss mal ... pinkeln!«

»Kannst du dich nicht ein wenig gepflegter ausdrücken?«, fragte Bob und grinste zurück.
Peter sagte: »Na dann viel Glück. Und pass gut auf dich auf.«
Schon war Justus im Wald verschwunden. Peter und Bob blieben sitzen, stocherten im Feuer herum, redeten weiter über Musikbands und taten so, als ob sie warteten.

Justus sah sich nicht um. Schnell, aber nicht so schnell, dass ihm niemand folgen konnte, durchquerte er das Tal in Richtung des Abhangs, der zu dem Grat führte, von dem aus man zurück in das Hotel kam. Er lief querfeldein, so gut es ging. Ab und zu blickte er sich um und tat so, als würde er sich orientieren. Doch in Wirklichkeit wollte er kontrollieren, ob ihr Plan aufging. Fast hoffte er, es würde nicht klappen. Denn jetzt, wo er alleine war, wurde ihm bewusst, wie gefährlich die Idee eigentlich war.
Erst nach einer Weile hielt er plötzlich und unvermittelt inne. Es reichte, um zu hören, was er hören wollte: Hinter ihm knackte verdächtig ein Ast, dann war alles ruhig. Justus schaute sich um. Nicht zu auffällig, damit sein Verfolger nicht denken würde, er hätte ihn entdeckt. Doch aus den Augenwinkeln sah er ihn: Kaum verdeckt kauerte ein Mann hinter einem Baumstamm. Vielleicht fünfzig Meter war er entfernt. Auch wenn Justus ihn in Ruhe hätte betrachten können – erkannt hätte er ihn nicht: Sein Verfolger trug eine Maske.
Justus' Atem ging schneller. Ihr Plan ging auf! Aber näher wollte er den Mann lieber nicht kommen lassen. Er wandte den Blick wieder nach vorn. Es war bestimmt klug, so zu tun, als hätte er den Verfolger nicht bemerkt. Allerdings musste er glaubhaft irgendein Ziel verfolgen. Am besten schien es ihm, den Hang weiter hochzusteigen. Oben würde er mehr sehen können und sich dadurch sicherer fühlen.

Jetzt steigerte Justus das Tempo, da er das Gefühl nicht loswurde, dass der Mann näher kam. Er glaubte schon, ihn hinter sich zu hören. Offenbar achtete sein Verfolger nicht mehr so sehr darauf, ob er bemerkt werden konnte. Oder war Justus einfach zu panisch?

Das Unterholz wurde dichter. Direkt nach oben gab es kein Durchkommen mehr. Aber Justus musste sich jetzt vergewissern. Er sah sich um. Sein Verfolger war nicht auszumachen. Plötzlich gab es ein Stück entfernt eine Bewegung in den Blättern. Justus zuckte zusammen, doch es waren nur Vögel, die aufflogen. Er fragte sich, warum. Doch die Vögel erinnerten ihn auch an etwas – er hatte ja noch eine Aufgabe.

Justus wandte sich ab und versuchte, möglichst unauffällig den vereinbarten Vogelruf nachzuahmen. Den Ruf des Rotbauchfliegenschnäppers. Drei Mal. Peter und Bob mussten ihn einfach gehört haben. Nun hatten die beiden freie Bahn, das Rätsel endlich zu lösen.

Für Justus galt es, das Spiel möglichst lange weiterzuspielen. Er entschied sich, quer zum Hang zu laufen, bis er eine geeignete Stelle fand, an der er wieder an Höhe gewinnen konnte. Er lief fünf Minuten, bevor er anhielt und lauschte. Offenbar war sein Gegner jetzt vorsichtiger: Es war nichts mehr von ihm zu hören.

Justus lief noch ein paar Schritte weiter. Mit jedem Meter wurde ihm unheimlicher. Die Angst überkam ihn wie eine Welle. Er war allein, er hatte plötzlich die Orientierung verloren und im Wald steckte jemand, der wahrscheinlich vor nichts zurückschreckte. Irgendwo in diesem Wald. Vielleicht weit weg, vielleicht auch ganz nah. Und Bob und Peter waren nicht da. Auf was hatte er sich da bloß eingelassen?

Durch die Bäume hindurch schimmerte einer der großen, vielleicht drei Meter hohen runden Steine, und Justus ent-

schloss sich, dorthin zu laufen. Vielleicht konnte er auf dessen Spitze klettern und die Lage prüfen. Hektisch drückte er Äste und Farne weg, um sich den Weg zu bahnen.
Nach wenigen Minuten hatte er sein Ziel erreicht. Erschöpft lehnte sich Justus an den Fels und lauschte. Nichts.
Er bückte sich und tat so, als untersuchte er den Stein nach möglichen Verstecken. Wenn der Mann ihn vom Lösen des Rätsels abhalten wollte, musste er jetzt einschreiten. Nach wenigen Momenten stoppte Justus und lauschte, ob sein Verfolger kam. Nichts. Noch einmal gab Justus vor, den Fuß des Felsens abzusuchen, und hielt dann plötzlich inne. Wieder nichts. Das konnte doch nicht sein! Da war nichts! Nur die üblichen Geräusche des Waldes. Der Wind in den Zweigen, Vogelstimmen.
Justus richtete sich wieder auf. Der Katzenmensch musste ihren Trick durchschaut haben. Er hatte von Justus abgelassen und war zurückgekehrt zu Peter und Bob!

Bob packte einen Kaugummi aus und steckte das Papier in die Hosentasche. Er war angespannt. Wenn sich die drei ??? trennten, bedeutete das immer ein Risiko. Peter scharrte etwas Sand zusammen, damit er das Feuer möglichst ohne Rauchentwicklung löschen konnte. Da hörten er und Bob das verabredete Zeichen. Den Ruf des Rotbauchfliegenschnäppers, unverkennbar, drei Mal. Der Mann hatte angebissen: Justus, ihr Köder, wurde verfolgt.
»Es scheint zu klappen«, flüsterte Bob, »dann mal los!«
Peter warf den Sand auf das Feuer; es rauchte, aber nur wenig. Eilig packten sie ihre Rucksäcke und machten sich auf den Weg. Sie gingen in genau die entgegengesetzte Richtung, die Justus genommen hatte. Die andere Seite des Tals hoch, die mit dem Zeichen aus Stein.

Sie mussten gut zehn Minuten klettern. Dann erhob sich der runde Stein, den sie gesucht hatten, wie ein riesiges Oval vor ihnen.

»Und nun?«, fragte Peter.

»Na ja, hier muss es irgendwo sein!«

»Hier bei dem Riesen-Ei oder bei den Fingern? Die sind hundert Meter weiter weg!«

»Gute Frage. Daran habe ich noch gar nicht gedacht. Gib mir bitte noch mal den Zettel.«

Peter hatte das Rätsel an sich genommen und reichte Bob das Blatt.

»Max muss doch vor demselben Problem gestanden haben«, sagte Bob. »Aus der Ferne sahen der runde Stein und die Felsen aus wie zusammenhängend und vor Ort ist plötzlich alles anders. Vielleicht hat er einen Hinweis hinterlassen … Stein oder Finger?«

»Zur Not suchen wir beides ab. Aber pass auf, das Rätsel geht ja noch weiter. *Mache die Pause, drei Minuten, steige dann die letzten Meter hinab. Halte an, stopp, sieh dich um, brich alles ab.* Drei Minuten Pause – das würde ich als Ortshinweis ausschließen, denn das war ja einfach nur das Signal, dass alle Zeichen aus der Welt des Tauchens kommen. Okay, nun müssen wir noch die letzten Meter hinabsteigen. Eigentlich ist das Unsinn. Denn beim Tauchen steigt man ja die letzten drei bis fünf Meter auf! Vielleicht ist das ja egal und er meint tatsächlich den … Kreis drum herum, den … wie würde Justus sagen?«

»Den Radius!«

»Ja, genau. In einem Umkreis von fünf Metern müssen wir suchen. Da muss irgendetwas sein, das wie das Stoppzeichen aussieht und wie ein X.«

»Na, dann fangen wir mal an«, sagte Bob wenig überzeugt.

»Am besten, du nimmst dir die Fingerfelsen vor und ich kümmere mich um das Ei hier.«
»Wie du meinst.« Missmutig machte sich Peter auf den Weg. Warum glaubte ihm Bob das mit dem Radius nicht? Peter war sich ziemlich sicher. Nur um Justus machte er sich Sorgen. Doch Peter hoffte, dass Justus schlau genug war, seinen Verfolger zu beschäftigen, ohne dass es für den Ersten Detektiv gefährlich wurde.
Es war mühsam, zu den drei dünn aufragenden Felsen zu gelangen. Nach einigen Minuten war Peter dort. Die Felsen standen ziemlich frei, sodass man den Umkreis von fünf Metern gut absuchen konnte. Aber Peter fand nichts, was ihn an ein Stoppzeichen erinnerte, und auch kein X. Obwohl man mit ein wenig Fantasie auch wieder hunderte von Stoppzeichen und Kreuzen bei all den Steinen, Ästen und Furchen ausmachen konnte. Aber Dexter musste ja etwas gewählt haben, das über Jahre Bestand haben würde.
Eine Stelle kam Peter merkwürdig vor und er bückte sich. Genau in diesem Moment hörte er einen Schrei.
»Peter!«
Es war Bob. Und er schrie um Hilfe! Zwei Mal. Dann war alles still.

Der Weg der Zeichen

Peter raste zurück, achtete nicht auf Äste und Steine. Einmal schlug er der Länge nach hin, doch Peter rappelte sich wieder auf und eilte weiter. Plötzlich sah er Bob. Bob und … den Katzenmann! Irgendwie war es dem Kerl gelungen, Bob einen Arm um den Hals zu legen. Wie eine Schlinge, die sich immer weiter zuzog. Peter sah, wie Bob mit beiden Händen verzweifelt versuchte, sich Luft zum Atmen zu verschaffen.
Er bückte sich und schnappte sich einen Stein. »Lassen Sie Bob los!«, brüllte Peter und rannte weiter auf ihn zu.
Der Kerl trug seine Katzenmaske. Sie sah merkwürdig aus, wie eine große Brille. Als Peter rief, sah der Mann auf. Ihre Blicke kreuzten sich. Ein seltsamer Schauder durchfuhr Peter. Der Blick des Katzenmenschen erinnerte ihn an etwas. Doch er hatte keine Zeit, darüber nachzudenken – oder sich selbst zur Vorsicht zu ermahnen. Er rannte einfach mit voller Geschwindigkeit auf die beiden zu. »Hau ab, du Katzensack!«, brüllte er wütend. »Lass Bob los!«
Plötzlich ließ der Mann von Bob ab. Mit zwei, drei Schritten war er im Wald verschwunden.
Bob kniete am Boden. Röchelnd hielt er sich den Hals.
Nach wenigen Sekunden war Peter bei ihm. »Alles ist gut, Bob. Er ist weg. Beruhige dich, alles ist gut!«
Immer noch rieb sich Bob den Hals. »Mann. War das knapp«, sagte er. »Ganz plötzlich war er hinter mir! Und ich dachte, der Typ verfolgt Justus!«
»Irgendwie muss er unsere Falle bemerkt haben«, überlegte Peter. »Die Maske, die er trug, die war irgendwie seltsam!«
»Seltsam? Furchterregend war der Typ! Er hat dauernd so gruselig geröchelt! Als ob er keine Luft bekäme!«

Doch Peter hörte schon wieder Schritte. Sie kamen immer näher. »Mist!« Er fuhr herum, doch dann entspannte er sich gleich wieder. Sie stammten zum Glück nur von Justus, der mit Riesensätzen den Wald durchquerte und seine Freunde noch gar nicht entdeckt hatte. »Bob! Peter!«, rief er. »Passt auf! Der Kerl ist jetzt hinter euch her!«

»Du kommst zu spät, Justus!«, antwortete Peter. »Er war schon da!«

Ein entsetztes »Was?« war die Antwort. Justus durchbrach das Gehölz und sah die beiden Detektive. Sein angespannter Gesichtsausdruck wich einem Lächeln. »Gott sei Dank! Ich dachte schon … Euch ist also nichts passiert!«

Peter stand auf. »Bob hat buchstäblich gerade eben so seinen Kopf aus der Schlinge gezogen«, sagte er. »Der Typ, der uns verfolgt, ist vollkommen durchgedreht! Der will uns umbringen! Aber als ich auf ihn zugerannt bin, ist er einfach so verschwunden!«

»Bist halt ziemlich angsteinflößend …«, sagte Bob und lachte bemüht. »Aber unser Plan war wohl nicht sehr überzeugend.«

»Dein Plan«, korrigierte Justus.

»Jedenfalls ist der Mann weggerannt«, sagte Peter. »Fast schon geflohen! Ich glaube nicht, dass der noch da ist. Wir sollten die Chance nutzen und schnell dieses Teil finden, auf das alle so scharf sind.«

Bob hatte sich inzwischen etwas erholt. »*Steige dann die letzten Meter hinab* – das meint hier bestimmt den Umkreis von drei bis fünf Metern. Aber wo sollen wir anfangen? Beim Eierstein oder bei den Fingern? Es gibt zwei Möglichkeiten. Was meinst du, Justus?«

»Zwei Möglichkeiten?« Justus dachte nach. Plötzlich erhellte sich seine Miene. Man sah ihm deutlich an, dass es »klick«

gemacht hatte. »Warum habe ich nicht gleich daran gedacht, Kollegen! Natürlich müssen wir beim Stein suchen!«
»Und warum?«, fragte Bob.
»Weil Max in der Zeile *aber dann ist es Okay* das O von ›okay‹ großschreibt. Eigentlich muss es kleingeschrieben werden. Ich hielt es erst für einen Flüchtigkeitsfehler. Aber wahrscheinlich ist es der Hinweis, dass wir bei dem großen ovalen Stein suchen müssen, der aussieht wie ein O, und nicht bei den Fingern.«
Peter zog den Zettel aus der Tasche und las die entsprechende Stelle nach. »Justus hat recht!«, sagte er beeindruckt. »Okay mit großem O. Das ist mir wieder mal nicht aufgefallen. Justus, wieso weißt du solche Sachen immer auswendig?«
Der Erste Detektiv grinste. »Ich habe schließlich eine halbe Nacht über das Rätsel nachgedacht«, sagte er. »Aber nun lasst uns das Geheimnis lüften! An die Arbeit, Kollegen!«
»Das Kommando hört wieder auf den Namen Justus!«, sagte Peter leise zu Bob.

Vom Stein aus schätzten sie eine Entfernung von etwa fünf Metern ab und liefen kreisförmig herum. Der nächste Ort des Rätsels – die flache Hand – war nicht schwer zu finden: Von einem Punkt auf dem Kreis aus blickte man zwischen ein paar Bäumen auf einen etwa zwei Meter hohen Felsen, der als hochgehaltene Hand durchgehen konnte. Im Felsen befanden sich drei dunkle Spalten, die aussahen wie die Leerräume zwischen Fingern.
»Das muss es sein«, sagte Peter mit wieder erwachtem Jagdfieber in der Stimme. Die drei ??? liefen hin und untersuchten das Objekt. Jetzt musste ein X weiterhelfen. Und tatsächlich: Schon nach wenigen Sekunden hatte Peter etwas entdeckt. »Hier hat jemand ein Zeichen eingeritzt«, sagte er aufgeregt

und zeigte auf eine Stelle unterhalb des mittleren Spalts. »Es ist ziemlich verwittert, doch eindeutig ist ein X zu erkennen! Wir haben das Rätsel gelöst!«
»Hoffentlich ist uns noch keiner zuvorgekommen«, sagte Bob. Justus und er stellten sich vor Peter, sodass er Sichtschutz hatte. Peter fand es ziemlich gruselig, einfach so in eine dunkle Spalte zu greifen und die Höhlung mit der bloßen Hand abzusuchen, doch ihnen blieb kaum etwas anderes übrig. Vorsichtshalber stocherte Peter erst einmal mit einem Ast das Innere ab. Es konnte ja sein, dass eine Schlange dort hauste. Doch er schreckte nur eine Eidechse auf, die wie der Blitz in eine andere Spalte floh. Etwas beruhigter steckte Peter seine Hand in die Öffnung und begann, alles abzutasten.
Währenddessen hatten ihm Bob und Justus den Rücken zugewandt und versuchten herauszufinden, ob sie beobachtet wurden. Doch vor Aufregung konnten sie sich kaum auf die Umgebung konzentrieren. Jetzt würde sich entscheiden, ob sie auf der richtigen Spur gewesen waren, und wenn ja: ob sich das begehrte Objekt, was immer es auch war, noch an seinem Platz befand.
»Ha!«, rief Peter.
»Hast du es?«
»Nein, nur …«
»Dann erschreck uns bitte nicht so!«
»Doch, da ist was!«
Justus und Bob drehten sich um. Peter zog seine Hand aus dem Spalt, er hielt etwas darin, es war klein, eine angerostete Metalldose. Länglich, etwas größer als ein Gasfeuerzeug. Peters Hand zitterte. Justus wollte das Kästchen nehmen, doch Peter gab es nicht her. »Ich mach's auf«, sagte er entschlossen. Er versuchte, den Deckel anzuheben, doch das Kästchen war zu verrostet. Er steigerte den Druck. Plötzlich sprang die

Oberseite ab und zwei Gegenstände flogen heraus. Sie landeten zwischen den Steinen im Gras. Bob hob sie auf. Eins war ein Schlüssel. Das andere ein in eine Plastiktüte eingewickelter kleiner Gegenstand, luftdicht verpackt. Der dritte Detektiv zückte sein Taschenmesser und schnitt das kleine Paket vorsichtig auf.

»Ein Chip«, sagte Peter erstaunt. »So wie man ihn in Digitalkameras verwendet!«

»Also doch was vom Geheimdienst?«, fragte Bob ehrfürchtig. Er drehte und wendete den Chip, aber außer dem Herstellernamen fanden sich keine Hinweise. Noch gab der Chip sein Geheimnis nicht preis.

»Im Hotel habe ich ein Notebook«, erklärte Justus. »Da lesen wir die Daten ein und dann wissen wir hoffentlich mehr!«

Nun hatten es die drei ??? sehr eilig. Sie suchten ihre Sachen zusammen. Justus übernahm den Chip und den Schlüssel und steckte beides in das Geheimfach, das in seinen Gürtel eingelassen war. So machten sie sich auf den Rückweg.

Sie wurden zunächst nicht weiter behelligt. Ob ihr Verfolger noch in der Nähe war, konnten sie nicht feststellen. Wenn, dann verhielt er sich sehr vorsichtig, was den Rückweg aber nicht ungefährlicher machte.

Die drei ??? kletterten den Abhang hinauf. Ziemlich außer Atem gelangten sie schließlich an den Kamm, von dem aus sie in das Tal sehen konnten, in dem das seltsame Hotel lag. Die Sonne stand schon tief. Inzwischen hatten sich Blasen an ihren Füßen gebildet, doch sie liefen ohne Pause bis zum Hotel. Unterwegs hatten sie viel zu besprechen.

»Irgendwie ist das gemein«, sagte Peter. »Du findest einen Schatz, und dann weißt du doch nichts damit anzufangen. Nur ein Chip und ein Schlüssel! Wieder ein Rätsel!«

»Diamanten wären dir lieber gewesen, stimmt's?« Bob stieg über einen kleinen Bach und suchte seine Schuhe nach Blutegeln ab. »Sieht ganz so aus, als ob an der Geschichte mit dem Geheimdienst was dran ist. Bestimmt sind auf dem Chip Listen von Spionen.«
»Oder ein Verzeichnis von Geheimverstecken«, sagte Peter. »Vielleicht auch Pläne von einer Superwaffe?«
Bob nickte. »Ich fürchte, ab morgen sind nicht nur der Maskentyp, sondern ganze Heere von Agenten hinter uns her, die uns alle an den Kragen wollen!«
Peter hielt an. »Nein, danke! Da bin ich bereits bedient! Am besten, wir werfen den Chip in den nächsten Bach.«
»Untersteh dich, Peter!«, sagte Justus.
»War auch nur ein Scherz. Es ist mir doch klar, dass du keine Ruhe gibst, bis das Geheimnis gelüftet ist.«
»Und jetzt hört auf mit eurem Geschwätz. Alles, was ihr redet, ist nämlich reine Spekulation«, erklärte Justus. »Wir müssen mehr Licht in das Dunkel bringen. Zum Beispiel Fynch, der Hotelbesitzer, was spielt der für eine Rolle? Oder Jack, der Mann mit dem Lieferwagen?«
»Und wie wollen wir dabei vorgehen?«, fragte Peter. »Wenn unser Fund wirklich so heiß ist wie vermutet, dann ist das eine Nummer zu groß für uns. Mit Agenten oder Superwaffenhändlern legen wir uns besser nicht an! Das war doch reines Glück, dass uns heute nichts Schlimmes passiert ist!«
»Damit hast du ja recht«, sagte Justus nachdenklich. »Aber ich möchte trotzdem wissen, was hinter all dem steckt. Passt auf: Wenn wir im Hotel sind, checke ich kurz an meinem Notebook den Chip. Das muss einfach sein. Um keine Zeit zu verlieren, seht ihr euch gleichzeitig noch ein wenig im Hotel um. Vielleicht findet ihr noch ein paar Hinweise.«
»Und wo, bitte schön?«

»Im Zimmer von Fynch.«

»Ich soll da einfach mal anklopfen und fragen, ob wir ein wenig die Bude auf den Kopf stellen können? Justus, ich glaube nicht, dass das eine gute Idee ist.«

»Vielleicht ist Hunterman gar nicht da. Ich habe das so im Gefühl. Dann nimmst du einfach dein Dietrichset und Bob passt auf, dass niemand kommt. Ich verspreche dir: Danach setzen wir uns ins Auto und hauen schleunigst ab! Der Einzige, dem ich in so einer Sache traue, ist Inspektor Cotta aus Rocky Beach. Er bekommt den Chip und den Schlüssel und alle Informationen, die wir bis dahin haben.«

»Damit fällt unser Urlaub also ins Wasser«, stellte Peter fest. Trotzdem hatte er nichts gegen Justus' Plan. Sie konnten ja schlecht die nächsten Tage mit einer Ware herumlaufen, für die jemand sie umzubringen bereit war. »Okay, Justus, fahren wir nach Hause. Aber am liebsten würde ich gleich losfahren. Schließlich haben wir das entscheidende Teil: den Chip und den Schlüssel! Nach beidem haben eine Menge Leute seit Jahren vergeblich gesucht!«

»Tja! Wir sind gut!«, sagte Bob und lachte. »Wir sind richtig gut! Wir haben sogar die CIA geschlagen!«

»Spekulation!«, wiederholte Justus. »Alles Spekulation!«

Inzwischen hatten sie den Waldrand erreicht. Vor ihnen lag der Schotterweg, der zum Hotel führte. Die Sonne ging gerade hinter dem Berghang unter und warf ein paar letzte warme Strahlen auf das Haus. Dann war sie verschwunden und die Farben in der Umgebung wurden blasser. Ein kühler Wind kam auf, als die drei ??? müde und erschöpft auf das Hotel zugingen.

Platt

Als Justus, Peter und Bob die Tür zum Empfang aufdrückten, war sich Peter nicht mehr so sicher, ob Justus' Idee so gut gewesen war. Alles war still. Die Lampe auf dem Empfangstresen brannte noch.

»Mr Hunterman?«

Entschlossen schritt Justus in den Aufenthaltsraum.

»Mr Hunterman?«

Keine Antwort.

Justus passierte die Küche und klopfte an Huntermans Tür.

»Hallo? Hier spricht Justus Jonas. Wir haben eine Frage!«

Nichts.

Er schlug mit der flachen Hand auf die Tür. Richtig fest.

Keine Reaktion.

»Okay, dein Part«, sagte Justus zu Peter. »Ich checke inzwischen schnell den Chip.«

Wie üblich hatte Peter sein Dietrichset dabei. »Und wonach sollen wir suchen?«

»Keine Ahnung. Irgendetwas, was mit dem Flugzeug oder dem Chip zusammenhängt.«

»Beeil dich, Justus«, sagte Bob. »Wir machen das schon.«

Justus nickte und verließ seine Freunde in Richtung Hotelzimmer.

Peter zückte sein Werkzeug. Beim Öffnen von Türen hatte er eine erstaunliche Sensibilität entwickelt. Gefühlvoll suchte er die Stelle, an der er ansetzen musste. Es war ein einfaches Schloss: Kurze Zeit darauf sprang mit einem leichten »Klick« die Verriegelung zurück. »Ich hasse Einbrüche!«, sagte Peter. »Und außerdem ist es illegal.«

»Wenn wir Inspektor Cotta mit ein paar Informationen ver-

sorgen wollen, bleibt uns leider nichts anderes übrig«, sagte Bob und fügte hinzu: »Und ich möchte endlich wissen, wer mir da vorhin an den Hals gegangen ist.«
»Um beides herauszufinden, gibt es tausend andere Möglichkeiten«, murmelte Peter. »Vor allem können wir die Polizei einschalten. Aber ich bin ja selbst schuld, dass ich mich immer wieder breitschlagen lasse!« Vorsichtig schob er die Tür auf, in Erwartung einer bösen Überraschung.
Wieder schlug ihnen der ganze Muff des Zimmers entgegen. Es roch, als wäre seit Jahrzehnten nicht mehr gelüftet worden. Von Hunterman. Ansonsten sah alles noch so aus wie am Morgen: alte Kleidungsstücke auf fleckigem Boden, Zeitungsstapel, Wäscheständer, Essensreste, Bierdosen. Gegenüber stand das Bett, die Decke hing auf den Boden.
»Ich fasse hier nichts an«, sagte Peter angeekelt. »Soll Justus sich doch die Finger schmutzig machen!«
Bob zeigte zur Seite. Dort standen einige offene Regale, in denen Kisten lagerten. Aus einigen ragten Papiere heraus. »Fangen wir halt da an!«
Peter nickte. »Okay. Stell dich bitte an die Tür, Bob. Ich möchte keine Überraschung erleben!«
Bob zog sich an die Tür zurück.
Peter nahm sich die erste Kiste vor. Sie war beschriftet mit einer Jahreszahl. Es waren Unterlagen, die das Hotel betrafen. Dasselbe in den nächsten Schachteln: Versicherungsscheine, Reklamationen, alte Rechnungen von Telefongesellschaften. »Aha! Irgendwann hat er die Rechnungen nicht beglichen und sie haben ihm die Leitung abgeklemmt! Na, wenigstens hat er seinen Strom bezahlt.«
In den letzten Jahren hatte Hunterman die Papiere nur noch in die Schachteln geworfen. Ein wirkliches System war kaum mehr auszumachen.

»Alles okay, Bob?«
»Ja.«
»Wo Justus nur bleibt …« Peter wandte sich der nächsten Kiste zu. Sie enthielt Zeitungsartikel. Neugierig nahm Peter sie heraus.
»Ich habe was«, sagte er kurze Zeit später. Er hatte ein leichtes Beben in der Stimme. »Mehrere Berichte über den Flugzeugabsturz! Hunterman hat nicht nur den einen Artikel besessen, den er uns gezeigt hat. Da ist noch viel mehr!«
»Was steht drin?«
Obwohl die Zeitungsausschnitte ziemlich vergilbt waren, konnte Peter noch alles lesen. Eilig überflog er die Texte.
»Das ist ja interessant«, sagte Peter nach einigen Momenten. »Der Zeitraum der Berichte erstreckt sich über mehrere Monate. Und in keinem davon ist die Rede von Geheimdiensten oder davon, dass der Pilot gefunden wurde. Im Gegenteil: Der Mann blieb verschwunden! Und keiner weiß, wer er war. Hier, hör zu: ›Der Sheriff von Aunella hat die Ermittlungen zum Flugzeugsabsturz in den Aunella Mountains endgültig eingestellt. Neun Monate nach dem mysteriösen Unglück, bei dem ein Unbekannter ein Flugzeug entführt und in den Bergen notgelandet hatte, konnte weder der Pilot gefunden noch festgestellt werden, wer die Maschine überhaupt geflogen hatte. Auch intensive Zeugenbefragungen der Gäste des in der Nähe der Unglücksstelle gelegenen Hotels King of the Mountain ergaben keine Hinweise. Selbst das Besitzerehepaar Hunterman konnte der Polizei nicht weiterhelfen. ›Wenn wir neue Erkenntnisse haben, werden wir die Akten wieder öffnen‹, so der Sheriff in einer abschließenden Pressemitteilung.‹« Peter sah auf. »Da steht nichts davon, dass eine Person überlebt hat! Nichts von einem Agenten, nichts von einem Versteck!«
»Vielleicht hat man es geheim gehalten«, sagte Bob.

»Über all die Jahre? Bob, das glaube ich nicht. Die Sache stinkt doch irgendwie!«
»Wieso Jahre?«
»Hier ist noch eine Notiz, nicht allzu lange her. Einige Naturfreunde beschweren sich, dass das Wrack immer noch in den Bergen liegt. Doch für die Entsorgung an einem so abgelegenen Punkt fehlt einfach das Geld. Auch Hunterman wird zitiert. Er sagt, dass das doch nicht weiter schlimm wäre und eh buchstäblich Gras über die Sache gewachsen wäre. Er hätte sich richtig an die Anwesenheit des Wracks gewöhnt und inzwischen sei es ein Anziehungspunkt für seine Hotelgäste. Für welche Hotelgäste, frage ich mich da!«
»Seltsam.«
»In der Tat!«
Bob wirkte alarmiert. »Ich meine das Geräusch, das ich gerade gehört habe! Hinter der Stahltür, die in der Küche ist. Ich glaube, da kommt jemand! Lass uns hier verschwinden!«
Augenblicklich ließ Peter von der Kiste ab, stopfte sich die beiden Artikel in die Hosentasche und rannte los. Bob war bereits in der Küche. Nun hörte es auch Peter: Irgendjemand machte sich auf der anderen Seite der Stahltür zu schaffen! Er drückte die Tür zu Huntermans Zimmer zu und lief Bob nach. Sie durchquerten das Aufenthaltszimmer, den Empfangsraum, sprangen nach draußen, rannten am Hotel entlang und erreichten ihr Hotelzimmer. Justus klappte gerade sein Notebook zu und sah seine Freunde erstaunt an.
»Alarm!«, rief Bob. »Da kommt jemand! Du erinnerst dich doch an diese merkwürdige Stahltür in der Küche! Justus! Ich möchte ungern ein zweites Mal gewürgt werden!«
»Alles klar. Zeit zu verschwinden!«, sagte der Erste Detektiv und zeigte auf ihre Taschen. »Ich habe schon gepackt!«
»Super, Justus!« Peter und Bob schnappten sich ihr Zeug, und

sie verließen das Zimmer. »Was steht auf dem Chip?«, fragte Peter, als sie die Außenwand entlanghasteten.
»Zahlen und verschlüsselte Hinweise«, stieß Justus hervor. »Ich habe mir alles kopiert. Und ich habe eine Vermutung!«
Sie liefen quer über den Platz auf die andere Seite des Hotels, wo ihr Auto stehen musste.
Da schrie Bob, der ein paar Meter Vorsprung hatte, erschrocken auf.
Das Auto war da. Aber alle vier Reifen waren platt.
Sie kamen nicht mehr weg.
Sie saßen in der Falle!

Auf der Flucht

Fassungslos standen die drei Detektive vor dem Wagen. Bob sah sich die Autoreifen näher an. »Alle brutal aufgeschlitzt«, sagte er. »Ich fühle mich, als ob mir wieder jemand die Schlinge um den Hals legt!«

»Und nun?«, fragte Peter aufgeregt. »Wir müssen hier dringend weg! Zu Fuß dauert das Tage! Bald ist es sowieso stockdunkel! Da haben wir keine Chance!«

Justus nickte abwesend. »Er will uns nicht weglassen«, sagte er vor sich hin. »Nicht, solange er den Schatz nicht hat!«

»Wer?«

In dem Moment hörten sie das Knarren der Außentür des Hotels. Schritte knirschten im Kies. Erschrocken drehten sich die drei ??? um. Sie starrten in das Gesicht von Fynch Hunterman. In der Hand hielt er eine Pistole, die er auf Justus richtete. »Her mit dem Zeug!«, sagte er mit einem zu einer Fratze verzerrten Gesicht, die den drei ??? fast noch mehr Angst einflößte als die Pistole selbst. Seine Augen flackerten wild, als könnten sie keinen Punkt mehr fixieren. »Gebt mir das, was ihr gefunden habt! Aber sofort!«

Bob reagierte zuerst. »Hier, Mr Hunterman!«, rief er und warf dem Hotelbesitzer in hohem Bogen seine Reisetasche vor die Füße. »Da ist alles!«

Gierig wie ein Raubtier stürzte sich Hunterman auf die Tasche.

Bob rief: »Macht schon, Kollegen, den Weg lang!«

Die drei ??? rannten los. Auch Peter ließ seine Tasche fallen. Das brachte weitere Zeit. Nur Justus hielt seinen Rucksack umklammert, weil er darin sein Notebook hatte.

»Dieser Weg muss irgendwie zu Jack führen«, keuchte Bob.

»Der hat den Pick-up! Den schnappen wir uns, egal wie.«
Nachdem sie ein paar hundert Meter gespurtet waren, blieben sie stehen und sahen sich um. Offenbar hatte Hunterman ihrem Tempo nicht folgen können. Oder er war mit der Durchsuchung des Gepäcks beschäftigt.
»Fynch wird bald wissen, dass wir den Chip noch haben«, sagte Peter, »und es ist nicht schwer zu erahnen, wo wir hinmöchten. So schnell sind wir den nicht los!«
Doch Bob winkte ab. »Unser Vorsprung wird reichen. Und wenn wir erst einmal im Auto sind, erwischt er uns nicht mehr.«
»Er hat eine Pistole«, erinnerte Peter seinen Freund. »Er braucht nur am Wegrand auf uns zu warten.«
Justus sagte: »Vielleicht gibt es ja noch eine andere Straße, die von Jacks Hütte wegführt. Doch erst müssen wir die Hütte mal finden. Und darauf setzen, dass das Auto da ist und der Schlüssel steckt.«
»Wir können Jack doch auch um Hilfe bitten, oder?«
»Ich traue hier keinem mehr, Peter.«
Peter sah Justus überrascht an. »Du meinst, der Typ mit der Katzen-Maske war gar nicht Hunterman? Ich dachte, das wäre jetzt sonnenklar!«
Justus sah Peter an. »Wenn Hunterman hinter dem Chip her ist und wir ihm den besorgen sollen, warum sollte er dann gleichzeitig etwas dagegen haben, dass wir ihn finden?«
»Weil er … weil er denkt, dass wir damit abhauen!«
»Was wir nicht können, denn um das zu verhindern, hat er bereits die Reifen zerstochen. Ich denke, sein Plan ist zunächst einmal aufgegangen.«
Nachdenklich trat Peter gegen einen kleinen Stein, der auf dem Weg lag. In hohem Bogen landete er in den Büschen. »Gut. Du meinst also, es war Jack. Und warum sollte Jack nicht wollen, dass wir das Rätsel knacken?«

»Weil er der Pilot ist«, sprach Justus aus, was er schon lange dachte.

Das verschlug Peter kurz die Sprache. »Ich dachte, der ist tot!«, sagte er. »Aber wir haben ja wirklich schon viele Überraschungen erlebt! Wenn du recht hast, Just, dann ist es doch nicht so klug, ausgerechnet ihn um Hilfe zu fragen.«

Justus zuckte die Schultern. »Bis jetzt ist es nicht mehr als eine Vermutung. Dagegen spricht zum Beispiel, dass er den Chip und den Schlüssel nicht schon längst woanders versteckt hat, wenn er deren Entdeckung so sehr scheut. Ich muss zugeben, dass ich das alles nicht begreife. Aber das ist jetzt auch nicht unser größtes Problem. Irgendwie müssen wir an sein Auto herankommen und hier verschwinden!«

Die ganze Zeit hatte Bob nur zugehört. Doch jetzt schaltete auch er sich in das Gespräch ein. »Ich habe eine ganz andere Theorie«, sagte er. »Hunterman und Jack könnten zusammenarbeiten. Das Ganze ist vielleicht eine Inszenierung. Alles ausgedacht, nur für uns. Aber warum, das kann ich euch leider auch nicht sagen. Es scheint jedenfalls einen wichtigen Grund zu geben, sonst wären wir nicht in Lebensgefahr geraten.«

»Selbstverständlich habe ich auch daran bereits gedacht«, erklärte Justus. »Aber letztlich war es ein Zufall, dass wir hier gelandet sind. Das hätte niemand planen können.«

»Vielleicht sind wir ja einfach nur zur richtigen Zeit gekommen«, entgegnete Peter. »Und es hätte sonst auch jeden anderen treffen können. Kommt, gehen wir weiter. Unser ganzes – wie heißt das – Spekulieren hilft ja doch nichts!« Gerade als sie sich wieder in Bewegung setzten, hörten sie ein Geräusch. Es klang nach einem Motorrad. Es schien ziemlich schnell näher zu kommen.

»Hunterman!«, rief Justus. »Der Kerl hat immer eine Überraschung auf Lager!«

Panisch blickten sich die drei ??? um. Sie standen am Ende einer Kurve, links und rechts des Fahrweges war dichter Wald. Justus deutete auf einen umgestürzten Baum. »Dahin! Schnell!« Die drei ??? rannten an eine Stelle, durch die sie einigermaßen gut in das Gestrüpp klettern konnten. Das Motorrad musste sich bereits kurz vor der Kurve befinden. Die drei Detektive hechteten hinter die Wurzelscheibe, duckten sich und hofften, dass man sie nicht sehen konnte. Schon war das Motorrad da. Als es auf der Höhe des Baums war, riskierte Justus einen Blick. Eine große Maschine. Der Erste Detektiv schrie auf und hechtete über den Baumstamm. »Halt! Haltet an!« Sein Fuß verhakte sich zwischen den Ästen und krachend fiel der Erste Detektiv zwischen das Holz. Aufgescheucht von der Aktion kletterten auch Bob und Peter aus ihrem Versteck. Sie sahen gerade noch, wie das Motorrad um die nächste Kurve verschwand.
Fluchend arbeitete sich Justus wieder hoch. Er hatte mehrere Schrammen abbekommen. Doch das war es nicht, was ihm die Laune verdorben hatte. »Hunterman verfolgt uns gar nicht!«, rief er. »Das waren zwei Touristen! Verdammt, so eine Chance kommt nicht wieder!«
Frustriert machten sie sich wieder auf den Weg. Zwei, drei Mal hörten sie, wie in der Ferne das Motorrad aufheulte. Dann war wieder alles ruhig.
»Vielleicht hatte es auch sein Gutes, dass wir die beiden auf dem Motorrad nicht angehalten haben«, sagte Peter, nachdem sie eine Weile schweigend nebeneinander hergelaufen waren. »Wer weiß, ob die nicht auch noch drinstecken in dieser Geschichte. Und auf der Suche waren nach uns.«
»Spekulation«, sagte Justus.
Inzwischen hatte die Dämmerung eingesetzt. Bob fiel auf, dass sich die Vogelstimmen verändert hatten. Der Wind war

stärker geworden. Kühle Luft strich vom Berg herunter. Bob zog seine Jacke zusammen. Er sah sich um, um nach Hunterman Ausschau zu halten. Nichts. Aber hatte der Hotelbesitzer nicht ohnehin die Angewohnheit, in Momenten aufzutauchen, in denen man nicht mit ihm rechnete?

Nach einer knappen halben Stunde hatten die drei ??? die Rückseite des Berges erreicht. Noch immer war die Hütte nicht in Sicht. Die Felswand über ihnen schluckte das wenige Licht am Abendhimmel. Jetzt war es fast schon Nacht. Wie ein heller Streifen zeichnete sich der Fahrweg in der Dunkelheit ab. Jeder Schritt knirschte auf dem hellen Sand. Sie verlangsamten das Tempo, damit sie nicht so leicht gehört werden konnten.

»Eigentlich müssten wir längst da sein«, sagte Justus. »Wir sind fast einen kompletten Kreis um den Berg gelaufen, bestimmt 300 Grad. Schaut: Dort zieht sich der Hang weiter das Tal hoch, bis er irgendwann zu der Stelle kommt, an der wir ihn heute zweimal überquert haben. Wenn wir noch eine Weile weitergehen, erreichen wir wieder den Fels mit dem Versteck.«

Müde schleppte sich Bob voran. »Ich bewundere deine Fähigkeit zu geometrischen Ortsberechnungen, Justus«, sagte er, »aber lieber wäre mir, du würdest langsam Jacks Auto entdecken. Meine Füße tun so was von weh.«

»Und ich spüre meine schon gar nicht mehr«, murmelte Peter.

Tapfer schritten sie weiter.

Und dann wären sie fast daran vorbeigelaufen! Eigentlich nur, weil er sich nach einem lauten Rascheln im Wald umgedreht hatte, entdeckte Peter den dunklen Pick-up, der sich kaum

vor dem dunklen Wald abzeichnete. Vorsichtig zog er Justus am Ärmel. »Wir sind da«, flüsterte Peter und deutete in die Richtung.
Justus und Bob folgten seinem Blick. Der Wagen parkte in einer engen Schneise. Die Hütte musste ein Stück weit dahinter liegen, denn es war weder ein Licht zu sehen noch waren die Umrisse eines Hauses zu erkennen.

Das Grab in der Nacht

Vorsichtig verließen die drei ??? den Weg. Es ging über gerodetes Gelände, das ihnen in der Dunkelheit nicht aufgefallen war. »Hoffentlich haben wir Glück«, flüsterte Bob, »und der Schlüssel steckt! Warum eigentlich nicht? Hier klaut bestimmt keiner ein Auto.«

»Heute schon«, grinste Peter. Er war stolz, dass er den Wagen entdeckt hatte. Die Aussicht auf die bevorstehende Flucht steigerte seine Laune noch mehr.

Als sie näher kamen, sahen sie, dass hinter dem Wagen das Gelände noch einige Meter weiterführte. Direkt auf die Felswand zu, vor der sich wie eine schwarze Hexenhütte Jacks Behausung abzeichnete. Offenbar war Jack nicht daheim oder er schlief, denn alles war dunkel.

»Umso besser«, flüsterte Justus. Langsam ließ er seine Hand an den Griff zur Fahrertür gleiten und zog daran. Es gab ein leises klickendes Geräusch, als er den Hebel wieder losließ.

»Mist! Verschlossen!«

Enttäuscht schnaufte Peter aus. »Es wäre auch zu schön gewesen, wenn mal was reibungslos geklappt hätte!«

»Nicht so laut, Peter!« Justus legte zur Warnung einen Finger auf die Lippen. »Können wir die Tür irgendwie aufbekommen? Im Kino habe ich mal gesehen, dass das mit irgend so einem Draht geht.«

»Irgend so ein Draht?« Peter schüttelte den Kopf. »Tut mir leid. Ich habe uns schon viele Türen geöffnet« – Justus und Bob nickten eifrig –, »aber im Autoknacken habe ich keine Erfahrung. Und wer weiß: Vielleicht besitzt das Auto eine Alarmanlage, auch wenn die Kiste relativ alt ist! Ich will das lieber nicht ausprobieren!«

»Mist!« Justus überlegte hin und her. »Wir müssen ins Haus!«, sagte er schließlich. »Den Autoschlüssel suchen!«
Jetzt war Peters Stimmung endgültig im Eimer. »Wir sollen zu Jack? Ich will da nicht rein, Justus! Du hast gesagt, dass uns dieser Typ umbringen wollte!«
»Es war nur eine Vermutung. Vielleicht steckte er ja gar nicht hinter der Katzenmaske.«
»Das hat vorhin aber noch ganz anders geklungen!«
»Peter!« Justus legte seine ganze Autorität in seine Stimme. »Wir haben keine andere Chance! Willst du hier nachts zu Fuß durch den Wald irren? Wir brauchen das Auto!«
»Die Hütte sieht doch ganz verlassen aus«, beschwichtigte Bob. »Ich finde auch, dass wir uns dort ein wenig umsehen sollten.«
»Umsehen? Ich denke, wir suchen nur den Schlüssel!«
»Das habe ich doch gemeint«, sagte Bob. »Also komm jetzt, Peter!«
Sie liefen ein paar Meter. Es war schon so dunkel, dass man fast die Hand nicht vor den Augen sehen konnte. Doch plötzlich blieb Peter, der als Erster ging, stehen. »Was ist das denn?«, flüsterte er und deutete nach vorne. Dort, am Rande des Waldes, war ein kleiner heller Punkt. Er schien zu zittern, als ob er ein wenig hin und her tanzte. »Ein Tier kann das nicht sein«, flüsterte Peter erschrocken. »Da ist jemand!«
Justus fixierte die Stelle. »Seltsam.«
»Soll ich die Taschenlampe einschalten?«, fragte Bob.
»Das würde ich nicht riskieren«, antwortete Justus. »Wartet einen Moment. Der Mond kommt gleich hinter dem Felsen hervor.«
Peter und Bob hoben den Blick und sahen auf den schwarzen Nachthimmel. Tatsächlich zeichnete sich am Rande des Berges ein heller Kranz ab. Es dauerte nicht lange, bis sie ihre

Umgebung zumindest etwas besser erkennen konnten. Der kleine helle Punkt war immer noch da. Wo er herstammte, konnte man auch jetzt nicht sehen. Dazu flackerte er zu sehr am dunklen Waldrand.

Justus konzentrierte sich kurz auf die Hütte, aus der nach wie vor kein Lebenszeichen zu vernehmen war. »Ich gehe voran«, sagte der Erste Detektiv und drängelte sich an Peter vorbei. In langsamen Schritten ging er auf das Licht zu, das sich unmittelbar am Boden befinden musste. Peter und Bob folgten ihm mit etwas Abstand.

Als er nahe genug war, blieb Justus stehen. »Eine Kerze!«, sagte er verwundert. »In einem Glasgehäuse und so vor dem Wind geschützt!«

Peter und Bob traten neben ihn. Die Kerze stand vor einem senkrecht aufgestellten flachen Stein. Langsam gewöhnten sich die Augen der drei ??? an die Lichtverhältnisse. »Da ist etwas eingeritzt«, flüsterte Bob und beugte sich vor den Stein. »Ein Kreuz. Auch eine Jahreszahl steht da, aber die letzte Ziffer ist verwaschen. Und eine Inschrift. Da steht: *Mein Grab*. Justus! Das ist ein Grab!«

»Wieso … liegt hier ein Toter?«, fragte Peter angstvoll. Plötzlich spürte er, wie seine Fantasie mit ihm durchging. Als wäre ein Damm gebrochen, kamen ihm die Bilder. »Was hat das zu bedeuten? Und wieso schreibt dieser Irgendwer auf den Stein nur die Worte *Mein Grab*? Ist das ein Zombie? Ein Geist? Entweder er ist tot, aber dann kann er das nicht mehr schreiben, oder … Vielleicht ist das Grab auch für jemanden bestimmt, der noch gar nicht gestorben ist!« Peters Stimme wurde dünn. »Vielleicht für uns!«

»Ruhig, Peter«, sagte Justus.

Peter holte Luft. »Mir gefällt dieser Ort hier überhaupt nicht«, sagte er. »Ganz und gar nicht.«

»Trotzdem gehen wir jetzt in das Haus.«
»Justus ...«
»Dein Werkzeug, Peter. Wir haben keine andere Chance.«
Peter nahm sich zusammen. Mit zitternden Händen holte er sein Dietrichset hervor. Vorsichtig gingen sie auf die Hütte zu. Sie lag direkt an der Felswand des Berges. Aus dem Inneren war kein Laut zu hören. Bob entdeckte ein Fenster und versuchte hindurchzusehen, doch ein Vorhang versperrte ihm die Sicht.
»Okay«, flüsterte er, »versuchen wir es.«
Peter trat an die Holztür. Auch wenn er nicht damit rechnete, dass die Tür offen war, drehte er probeweise am Türgriff. Bereits bei der Berührung gab die Tür nach. Peter sah Justus an und ließ sein Dietrichset wieder in die Tasche gleiten. »Geh du als Erster rein«, flüsterte er.
Justus nahm seine Taschenlampe in die Hand und tat einen Schritt in das Innere. Der Boden knarrte. »Hallo?«, sagte er leise, dann noch einmal etwas lauter: »Hallo?«
Keine Antwort.
Justus schaltete seine Lampe ein und ließ schnell den Strahl durch den Raum gleiten. Die Hütte bestand aus mindestens einem Zimmer. Der Lichtstrahl erfasste eine weitere Tür, einen Holztisch, eine Truhe, ein einfaches Regal und zwei Stühle. Auch hier roch es muffig. Aber das Geschirr lag ordentlich im Schrank und daneben standen auf dem Regalboden die Gläser in Reih und Glied. Auch die Kaffeekanne war sauber. Neben dem Regal stand ein uralter Herd. Justus ging hin und berührte seinen Metallrahmen. Er war noch etwas warm. Justus öffnete die Vorderklappe und leuchtete ins Innere: graue Asche und die Reste von Holzscheiten. Irgendwann am Abend musste das Feuer erloschen sein.
Inzwischen waren auch Bob und Peter in die Hütte gekom-

men. Die beiden hatten ebenfalls ihre Taschenlampen dabei und schalteten sie ein. Justus leuchtete auf die Tür in der Wand, stellte seinen Rucksack ab und nickte Bob wortlos zu: Als Erstes mussten sie kontrollieren, ob sich im Haus noch jemand verbarg!

Bob verstand, ging zur Tür, stieß sie von der Seite her auf und machte gleich wieder den Weg frei. Sofort stellte sich Justus in den Rahmen und leuchtete in den Nebenraum. Ein sauber gemachtes Bett, ein Nachttisch, eine Stehlampe, doch dann erfasste der Lichtkegel plötzlich die Umrisse eines Mannes! Justus schrie auf. Vor Schreck tat er einen Schritt rückwärts und trat Bob auf die Füße. Justus kam ins Stolpern, wollte sich umdrehen und fliehen, doch im selben Moment merkte er, dass etwas nicht stimmen konnte. Der Mann bewegte sich nicht und er sah auch seltsam unnatürlich aus. Die Proportionen zwischen den Armen und den Beinen waren nicht korrekt. Er leuchtete den Mann noch einmal an. Jetzt sah er, dass es sich nur um ein Gemälde handelte. Mannshoch. Erleichtert atmete Justus aus.

Er ging zwei Schritte nach vorn, sodass auch Bob ins Schlafzimmer konnte. Langsam ließen beide das Licht der Taschenlampen über das Gemälde kreisen. Jetzt sah es auch Bob: Die Person auf dem Bild trug einen schwarzen, engen Anzug, der aussah wie ein Taucheranzug. Darauf deuteten auch die Flossen an den Füßen hin. Das Gesicht der Figur war dem Betrachter zugewandt. Doch erkennen konnte man es nicht. Denn der Mann trug eine Katzenmaske!

Der Mann mit der Maske

Justus und Bob sahen sich an. Auf alles waren sie vorbereitet gewesen, nur nicht auf ein Gemälde. Langsam traten sie näher. Ein Kunstwerk war es nicht. Beim Maler musste es sich um einen Amateur handeln, der nicht oft zu Farbe und Pinsel griff.
»Alles klar bei euch?«, rief Peter aus dem Nebenzimmer.
»Peter, alles okay, hier ist niemand«, rief Justus und sah sich die Maske aus der Nähe an.
Peter war im anderen Zimmer geblieben und hatte die Truhe untersucht. »Na, dann ist ja gut«, antwortete er, »eben klang es ganz anders!«
»Justus hat sich vor einem Gemälde erschrocken«, klärte Bob auf. »Ein Riesenbild! Das musst du dir mal ansehen, Peter!«
»Gleich. Guckt erst mal, was ich hier gefunden habe! Ihr werdet es nicht glauben!«
Neugierig liefen Justus und Bob zurück in das andere Zimmer. Peter kniete vor der aufgeklappten Truhe. Als er seine beiden Freunde sah, zog er an einem schwarzen, gummiartigen Schlauch, der im Inneren der Truhe steckte. Heraus kam ein Hosenbein, dann noch eins, und plötzlich erkannte Justus, um was es sich handelte. »Ein Taucheranzug!«
»Korrekt, Erster! Aber das Ding ist schon ein wenig älteren Datums. Schätze, für unsere Ansprüche ist es zu porös. Aber viel interessanter ist, was unter dem Teil versteckt liegt.«
Mit einer schnellen Bewegung zog Peter die Katzenmaske hervor und hielt sie sich vor das Gesicht.
»Buh!«
»Wow!«, entfuhr es Justus.
Peter nahm die Maske wieder ab. »Es ist eine Tauchermaske«,

erklärte er. »Überarbeitet als Katzengesicht. Aber im Grunde handelt es sich um richtiges Tauchergerät. Das ist es, was mich so irritiert hat, als der Mann Bob überfallen hat: eine Katzenmaske mit großen Gläsern im Gesicht!«
Bob trat zu Peter und nahm ihm die Maske ab. Prüfend drehte er sie zwischen seinen Händen. »Es erklärt auch dieses seltsame Röcheln, das ich gehört habe«, sagte er. »Genau wie bei einer herkömmlichen Tauchermaske kann man nicht durch die Nase atmen, wenn man sie trägt. Dann war es also Jack, der uns aufgelauert hat!«
Justus nickte. »Ich denke, daran besteht kein Zweifel. Wir sollten uns vor ihm in Acht nehmen.« Kaum schwieg er wieder, fing er an, seine Unterlippe zu kneten. Das tat er für gewöhnlich, wenn er intensiv nachdachte. Wegen der Dunkelheit wäre es Peter und Bob zunächst nicht aufgefallen. Erst als Bob seinen Freund anleuchtete, sahen sie, warum der Erste Detektiv plötzlich so still geworden war.
»Was ist los, Justus?«, fragte Bob. »Sollen wir nicht schnellstmöglichst den Autoschlüssel suchen?«
»Ja«, bestärkte Peter. »Der Autoschlüssel. Bevor uns Jack hier überrascht! Für spezialgelagerte Sonderüberlegungen haben wir jetzt wirklich keine Zeit!«
Justus hatte kaum hingehört. Er murmelte so etwas wie: »Als als ich ein Kind war ... Fantasie beschäftigt ... Warum ist es mir nicht gleich aufgefallen ...«
»Wie bitte?«, fragte Peter.
Jetzt sah Justus seinen Freund an. »Als ich ein Kind war«, sagte er und sprach nun deutlicher, »ich war so ungefähr sechs, da habe ich immer Zeitung gelesen.«
»Typisch Justus«, sagte Peter und stieß Bob in die Seite, »unser Superhirn konnte schon mit sechs Zeitung lesen!«
»Vor allem haben mich die Polizeiberichte interessiert«, fuhr

Justus ungerührt fort, »ganz anders als die anderen Jungen. Die hatten nur Sport im Kopf oder Fernsehserien.«
»So wie ich«, sagte Peter und grinste. »Und aus mir ist immerhin der Zweite Detektiv geworden. Der jetzt gern hier verschwinden würde.«
Bob sagte: »Unterbrich Justus nicht! Dann dauert alles noch viel länger!«
Ein wenig beleidigt rückte Peter ein Stück von Bob weg.
»Ein Fall hat mich damals geradezu gefesselt«, erzählte Justus weiter. »Über Monate hinweg, ja, eigentlich muss ich sagen: sogar über Jahre! Er hat meine Fantasie beschäftigt. Immer wieder. Ich glaube, auch wegen dieses Falles bin ich später Detektiv geworden. Er ist übrigens nie aufgeklärt worden, der Täter wurde nie gefasst. Noch heute suche ich manchmal das Internet nach Meldungen dazu ab.«
Wieder machte Justus eine Pause. Aber jetzt schwieg Peter, bis sein Freund weitererzählte. Auch deswegen, weil die Geschichte nun sein Interesse geweckt hatte.
Justus senkte die Stimme, damit er beim Reden besser auf die Geräusche draußen achten konnte. Denn er ahnte: Die Ruhe war trügerisch. Sie waren hier nicht sicher. Dennoch wollte er dem Drang zu erzählen noch ein wenig nachgeben. »Eigentlich gab es mehrere Fälle, hinter denen jedoch ein einziger Täter steckte«, sagte Justus. »Genauer gesagt: Es war ein Dieb. Er hatte Ähnlichkeiten mit Victor Hugenay, dem Kunsträuber, dem wir später mehrfach begegnet sind. Auch der andere Dieb war lautlos, gewitzt, vielleicht sogar charmant. So jedenfalls habe ich mir den Mann mit der Maske immer vorgestellt.«
»Den Mann mit der Maske?«, wiederholte Peter überrascht.
Justus nickte. »Auch genannt: Sharkman. Oder – was ich damals nicht wusste – offenbar auch: Catman!« Justus unter-

brach sich und horchte. Draußen schrie ein Nachtvogel, ansonsten schien alles ruhig zu sein. Er ging zum Fenster, zog vorsichtig den Plastikvorhang zur Seite und sah eine Weile in die Dunkelheit hinaus. Das Licht am Grab flackerte noch. Justus ließ den Vorhang wieder los und wandte sich vom Fenster ab: »Okay. Sharkman, der Hai-Mann, war ein Dieb, der damals die Leute sehr in Atem hielt. Seine Opfer waren vorwiegend reiche Menschen: Schauspieler, Banker, Musiker, Wirtschaftsbosse, Politiker, allesamt Personen, die es sich leisten konnten, ein großes Schiff zu besitzen. Sie ankerten damit in den Häfen von Marina del Rey, Catalina Island, Monte Carlo, Italien, Spanien, Florida. Vor Spielcasinos, im Urlaub oder auch gerne zu besonderen Anlässen wie Fürstenhochzeiten oder ähnlichen Feierlichkeiten. Der besondere Trick von Sharkman war, nachts am Ufer in das dunkle Meer zu steigen, um unbemerkt eins dieser Boote anzutauchen, dann lautlos wie ein Schatten auf das Schiff zu klettern, die wachhabenden Matrosen zu betäuben und die Safes auszuräumen. Das tat er gerne dann, wenn die Besitzer an Land waren und nur eine Notbesatzung an Bord war.«

Justus hielt kurz inne. »Es gibt einen alten Schwarz-Weiß-Film. Er heißt ›Über den Dächern von Nizza‹. Darin geht es um einen Dieb, genannt ›Die Katze‹, der Gäste in reichen Hotels ausraubt. Vielleicht war das Sharkmans Vorbild, vielleicht hat er sich deswegen eine Katzenmaske zugelegt. Fortan interessierte ich mich jedenfalls immer mehr für Kriminalfälle. Irgendwann habe ich dabei Sharkman aus den Augen verloren. Es gab plötzlich keine Diebstähle mehr. Möglicherweise hatte er sich zur Ruhe gesetzt, weil er genug Beute gemacht hatte. Er hat sich Edelsteine, Geld und Gold ohne Ende zusammengestohlen. Das reicht bestimmt für mehrere Leben. Oder er ist gestorben.«

»Du hast uns nie davon erzählt«, bemerkte Bob. »Warum wurde er eigentlich Sharkman genannt?«
»Er kam heimlich, er ging heimlich, fast niemand hat ihn je zu Gesicht bekommen. Nur einmal sagte ein Matrose aus, der von ihm überfallen worden war, dass er eine Haimaske getragen hätte. Vielleicht hat er die mit der Katzenmaske verwechselt oder konnte sich so genau nicht mehr erinnern, weil das Betäubungsmittel die Wahrnehmung verzerrte.«
Peter hatte gespannt zugehört. »Sharkman! Kein Wunder, dass dich dieser Kerl gereizt hat! Ein fast unsichtbarer Dieb, der Schiffe antaucht! Du meinst also, seine Spur führt hierher? Dann sollten wir langsam verschwinden. Wenn Sharkman sich hier rumtreibt, versteht er bestimmt keinen Spaß.«
»Tja, Sharkman, das ist seltsam«, sagte Justus. »Ist Jack wirklich der geheimnisvolle Taucher gewesen? Er entspricht nicht dem Bild, das ich von Sharkman habe. Warum sollte Sharkman ganz ärmlich in so einer abgelegenen Hütte leben, wo er doch Reichtümer über Reichtümer besitzt?«
»Weil die Polizei ihm auf den Fersen war«, vermutete Bob. »Vielleicht ist er an all sein Geld einfach nicht mehr rangekommen. Er musste flüchten und traut sich hier nicht mehr weg. Aber egal! Suchen wir den Autoschlüssel. Die Wahrheit finden wir jetzt sowieso nicht heraus. Das überlassen wir ab sofort der Polizei!«
Justus nickte.
Gedankenvoll machten sich die drei ??? an die Aufgabe. Das war eine interessante Geschichte, die Justus da erzählt hatte. Aber wie passte sie zu alldem, was sie in den Aunella Mountains erlebt hatten? Und zu dem seltsamen Flugzeugabsturz? Hatte er wirklich etwas damit zu tun?
Plötzlich unterbrach Justus ihre Suche. »Leise, Kollegen! Ich höre was!«

Der Dieb aus der Kindheit

Sofort unterbrachen Peter und Bob ihre Suche nach dem Schlüssel. So sehr sie auch lauschten, plötzlich war alles wieder still. Nach ein paar Sekunden richtete sich Justus auf, der den Boden abgesucht hatte. »Das kam nicht von draußen, das kam von da drinnen!«, flüsterte er.
»Aus dem Schlafzimmer?«, fragte Bob erschrocken. »Aber das haben wir doch abgesucht!«
Justus schlich zur Tür und leuchtete ins Zimmer. Ein Blick genügte: Da war kein Mensch. Er musste sich getäuscht haben.
»Vielleicht eine Ratte«, sagte der Erste Detektiv und leuchtete sicherheitshalber unter das Bett. »Ich höre schon Gespenster.«
Nervös machten sie sich wieder an die Arbeit. »Wo steckt nur dieser verdammte Schlüssel!«, fluchte Peter leise vor sich hin. Er hatte das Regal abgetastet, unter sämtliche Teller und Schüsseln gesehen, nun fehlten nur noch die Becher und Gläser. Gerade als Peter die vorderste Kaffeetasse anhob, hörte er, wie Justus mit Mühe einen Überraschungsschrei unterdrückte.
Peter drehte sich um. Justus kniete am Boden und zog mit einer Hand eine Holzdiele hoch, die offenbar nur lose in den Boden eingelassen worden war. Ein dunkles Loch wurde sichtbar. »Leuchte mal, Bob!«, rief Justus aufgeregt.
Sofort ging Bob zu ihm und hielt seine Taschenlampe über die Öffnung. Neugierig beugte sich Justus vor und sah hinein. »Ein Buch oder so was«, sagte er erstaunt.
»Hast du etwa gehofft, einen Schatz zu finden?«, fragte Peter, der noch einen Teller in der Hand hielt. »Oder gar den Autoschlüssel?« Als Justus nur einen verstaubten Ordner hervorzog

und abklopfte, drehte sich Peter wieder zum Regal. Für so etwas wie einen Ordner hatte er jetzt keine Zeit. Er wollte hier endlich verschwinden. »Während du uns vorliest, was da alles drinsteht, kann ich ja weitersuchen«, murmelte er und griff sich den nächstbesten Becher.

Justus klappte den Ordner auf. »Alles Zeitungsartikel«, sagte er überrascht. »Peter, du hast doch auch Artikel in Huntermans Zimmer gefunden. Nur dass sie hier fein säuberlich auf Blätter geklebt und eingeheftet wurden. Bei Jack scheint ja richtig Ordnung zu herrschen.« Er schlug eine Seite auf. »Das ist ja … das kann ich nicht glauben!«

Doch Peter hörte nicht hin. »Ich hab ihn!«, rief er und schüttelte wie wild an einer Kaffeetasse. Es gab ein klingelndes Geräusch. »Ich habe den Schlüssel, Kollegen! Wir sind frei!« Peter nahm den Autoschlüssel aus der Tasse und hielt ihn hoch, dabei drehte er sich vor Erleichterung wie ein Kreisel. »Ich habe ihn! Hey! Ich habe ihn! Kollegen! Jetzt geht es nach Hause, aber mit Vollgas!«

»Gleich«, sagte Justus, ohne den Kopf zu heben, »ich muss hier nur noch ganz kurz was lesen!« Als keine Antwort kam, blickte er zu seinen Freunden auf. »Ist was? Geht doch schon mal vor und probiert, ob der Schlüssel passt! Wenn ihr den Wagen gestartet habt, komme ich! Versprochen!«

»Nimm das alte Ding doch mit!«, schlug Peter vor.

»Ich sage doch, wenn der Wagen läuft, bin ich da!«

Mit einem genervten Blick bedeutete Peter Bob mitzukommen. »Wenn Just lieber lesen will … Soll er doch auf immer und ewig hier versauern!«

Peter drückte die Haustür auf und sie traten in die Nacht hinaus. Der Mond schien jetzt heller. Trotzdem war längst nicht alles in der Umgebung zu erkennen. Zu dunkel und zu dicht war der Wald neben der Lichtung. Als Erstes fiel Peters

Blick auf den Grabstein und seine gute Laune begann wieder zu kippen. Drohte ihnen hier draußen noch eine böse Überraschung? Hunterman oder Jack konnten inzwischen längst da sein und sich irgendwo verstecken. Er richtete seinen Blick auf das Auto, dessen Umrisse sich dunkel vor der Wiese abhoben. Das war jetzt das Ziel.
Bob drängelte bereits. Auch er wollte nichts wie weg. »Komm, Peter, keine Zeit verlieren! Wenn wir im Auto sitzen, machen wir mit der Zentralverriegelung den Wagen dicht, und wir sind erst mal sicher!«
Im Laufschritt bewältigten sie die wenigen Meter.
Mit zitternden Händen steckte Peter den Schlüssel in das Schloss. Er passte. Die Verriegelung ging sofort auf.
»Wow!«, jubelte Peter. »Wir haben es geschafft!« Er öffnete die Tür und schwang sich auf den Fahrersitz.
Bob lief um den Wagen herum und setzte sich neben seinen Freund.
Peter steckte den Schlüssel in die Zündung und drehte.
Nichts.
»Mist!«, rief er.
Noch ein Versuch.
Kein Ton.
»Das darf doch nicht wahr sein! Bob! Was ist das?« Peters Stimme wurde schrill.
»Lass mich mal«, sagte Bob und drehte den Schlüssel so fest, als wollte er eine Schraube eindrehen.
Es half nichts. Der Motor blieb still.
»Und nun? Kein Benzin?«
»Oder schlimmer«, sagte Peter. »Sabotage!« Mit hektischen Bewegungen suchte Peter nach dem Hebel für die Motorhaube. Endlich fand er ihn und das Blech vor der Windschutzscheibe sprang mit einem Ruck hoch. Peter kletterte aus dem

Wagen, stellte sich vor das Fahrzeug und hob die Haube so weit an, dass er in den Motor blicken konnte. »Leuchte bitte mal, Bob!«
»Sofort!«
Bob hielt die Taschenlampe neben ihn. Peter sah es auf den ersten Blick. »Die Kabel sind durchgeschnitten! Der Mistkerl hat an alles gedacht! Wir stecken fest!«

Aufgeregt blätterte Justus durch die Artikel. Sein Blick flog über die Überschriften. An viele meinte er sich noch zu erinnern: Sharkman schlägt wieder zu! – Panik bei der Oskarverleihung – Neustes Opfer: Hollywoodschauspielerin Sue Martin! – Fast im Netz! Doch Sharkman wieder spurlos abgetaucht – Sharkman foppt die Polizei! – Wo ist die Beute? Versicherungen setzen Belohnung aus – Sharkmans Diamanten: Das größte Geheimnis bleibt!
Justus hob den Kopf. Da war es wieder, das Geräusch! Jetzt war er sich sicher: Die Holzdielen knarrten! Jemand hatte das Schlafzimmer betreten. Wie auch immer er da hineingekommen war. Gab es dort eine geheime Tür?
Ganz leise legte Justus den Ordner ab und stand auf. Er hatte einen Verdacht. Mit halbem Ohr hörte er, wie draußen die Tür zum Auto geöffnet wurde. Gleich würde Peter den Wagen anlassen. Dann waren sie abfahrbereit. In wenigen Schritten würde Justus bei seinen Freunden und damit in Sicherheit sein. Das Risiko konnte er also eingehen.
Wer war das nebenan?
Vorsichtig schlich Justus zur Zimmertür und öffnete sie.

Angekettet

Bevor Justus wusste, was geschah, hatte ihn schon eine Hand gepackt. Er wurde in das Zimmer gezogen, knallte gegen die Stehlampe, stolperte und kam aus dem Gleichgewicht. Seine Taschenlampe flog zu Boden und rollte davon. Einen Moment lang war Justus vollkommen orientierungslos. Das reichte seinem Gegner, um ihm einen kräftigen Stoß zu versetzen. Justus stolperte im Dunkeln weiter und erwartete, gleich an die Wand zu stoßen. Schützend hob er die Hände und tat mehrere Schritte, ohne jedoch auf ein Hindernis zu stoßen.

Er hatte einen verhängnisvollen Fehler gemacht, das war Justus jetzt klar: Er hatte den Gegner unterschätzt.

Plötzlich war die Umgebung anders. Justus spürte es an der wärmeren Luft und seine Schritte hörten sich dumpfer an. Er blieb stehen. Hinter ihm schlug eine Tür zu. Jetzt flammte ein Deckenlicht auf. Justus blickte sich um und erschrak: Er befand sich nicht mehr in dem Zimmer, sondern in einer fremden Umgebung! Es war ein Gang!

»Hab ich dich, du Dieb!«, hörte er hinter sich eine säuselnde Stimme. Justus fuhr herum und starrte in den Lauf einer Pistole. Doch zu seiner Überraschung war es nicht Jack, sondern der Mann mit der Glatze: Fynch Hunterman. Huntermans Augen funkelten ihn an. »Bring meinen Schatz wieder zurück!«, sagte der Mann drohend.

»Ich … wir … was ist das für ein Gang, Mr Hunterman?«, fragte Justus.

»Was? Mr Hunterman? Du naseweiser kleiner Mistkerl, was versuchst du da? Mein Schatz! Leg ihn zurück! Du hast ihn bestimmt bei dir, oder?«

»Der Gang führt zum Hotel, nicht wahr?«, versuchte Justus abzulenken und schritt los. Er gab sich Mühe, seine Angst nicht sichtbar werden zu lassen. Am besten beruhigte sich Justus, indem er sich mit logischen Dingen beschäftigte. »Ich hätte mir denken können, dass ein Gang existiert!«, sagte er. »Meine Freunde und ich sind im Bogen um den Berg herumgegangen. Dabei hat sich der Kreis fast geschlossen. Hinter der Hütte wird der Bergrücken ganz schmal. Luftlinie wird es nicht weit zum Hotel sein. Ich vermute, der Gang endet an der Stahltür, die sich in der Küche befindet, oder?«
»Quatsch nicht! Wo ist mein Schatz?«
»Und die Tür am anderen Ende der Strecke ist das Gemälde des Tauchers, nicht wahr? Es stellt Catman dar, oder besser« – Justus machte eine Pause – »Sharkman!«
Hunterman reagierte einfach nicht – so, als ob ihn das alles nicht interessierte. Ihn kümmerte nur sein »Schatz«, wie er den Chip und den Schlüssel nannte. »Justus! Ich habe dir was befohlen!«, sagte er nur.
Justus nahm sich zusammen. So schnell wollte er nicht aufgeben. Also schob er hinterher: »Mister, Sie sind doch … Sharkman, der Dieb, der aus dem Wasser kam?«
Der Mann ließ ein sarkastisches Lachen vernehmen. »Natürlich bin ich Sharkman, was denkst du denn! Ich hätte mich zwar viel lieber Catman genannt, der Mann mit der Katzenmaske, doch irgend so ein Idiot von Matrose hat meine Maske für ein Hai-Gesicht gehalten. Und seitdem schrieben alle Zeitungen: Sharkman! Der Hai-Mann! Aber jetzt her mit meinem Schatz! Ich weiß, dass ihr ihn habt! Mich konntet ihr nicht reinlegen mit eurem Vogelgezwitscher. Ich kenne die Vogelarten hier …«
Justus dachte schnell nach. Warum sagte Hunterman immer nur »mein Schatz«? Warum nie: der Chip? Oder: der Schlüs-

sel? Plötzlich hatte Justus eine Idee. »Um was für einen Schatz handelt es sich denn Ihrer Meinung nach, Mr Sharkman?«
»Das weißt du ganz genau! Du hast ihn schließlich gefunden!«
»Aber Sie haben ihn versteckt, Sharkman! Sie müssen es doch selbst wissen! Was ist es? Ein Kästchen mit Diamanten? Ein Barren Gold? Oder ein weiteres Rätsel? Sagen Sie es mir, und ich werde sehen, was ich für Sie tun kann. Beweisen Sie mir, dass Sie Sharkman sind!«
Einen Moment lang war es still.
Justus machte sich schon auf das Schlimmste gefasst. Hatte er es zu weit getrieben?
»Ich bin …«, sagte der Mann drohend, »… Sharkman! Der geniale Dieb! Du wagst das zu bezweifeln?«
»Natürlich nicht, Mister«, sagte Justus, obwohl es nicht stimmte. Irgendetwas irritierte ihn. Der Schatz, die Stimme, die Sätze, Hunterman. Und warum wollte der Mann, dass er, Justus, den Schatz zurückbringen sollte? Das passte hinten und vorne nicht zusammen! Doch Justus hatte keine Zeit, dieser Spur nachzugehen. Unaufhörlich trieb Hunterman ihn nach vorn, in Richtung Hotel. »Ich werde dich einsperren«, drohte er ihm, »dich und deine Freunde auch! Und wenn ihr hier verhungert: Ich werde finden, was mir gehört! Niemand soll meinen Schatz haben! Wenn ihr denkt, ihr könnt hier mit ihm abhauen, dann habt ihr euch getäuscht! – Bleib stehen!«
Augenblicklich hielt Justus an. Einen Fluchtversuch zu unternehmen hatte ohnehin keinen Sinn. Justus sah, dass der Gang nun breiter wurde und sich zu einem an der Decke kuppelförmig zulaufenden Raum vergrößerte. Ein Kleiderschrank stand an der Seite, seltsamerweise auch ein Eisenbett. Es sah aus, als ob sich Hunterman ab und zu hierhin zurückzöge.
»Stell dich ans Fußende«, sagte der Mann und deutete mit der Pistole auf das Bett.

Justus tat, wie ihm befohlen wurde.
Plötzlich hatte Hunterman eine Handschelle in der Hand. Bevor er sich recht versah, war Justus an das Bett gefesselt. Es blieb ihm nichts anderes übrig, als darauf zu hoffen, dass seine Freunde es besser gemacht hatten und ihnen die Flucht gelungen war.

Peter beugte sich tiefer über den Motor und zog eins der Drahtenden an sich heran. Unter dem Strahl von Bobs Taschenlampe sah er sich den Schaden an. »Vielleicht kann ich es reparieren«, sagte er, »aber das dauert eine Weile. Und Zeit haben wir nicht. Wo steckt eigentlich Justus? Sollte er nicht langsam mal kommen?«
Bob leuchtete auf das Haus. »Keine Ahnung, was der da treibt. Eben habe ich ein lautes Geräusch gehört. Vermutlich stellt er noch ein wenig die Hütte auf den Kopf.«
»Oder Justus ist etwas passiert!« Peter richtete sich auf und stieß mit dem Kopf an die Motorhaube. »Au!«
»Das hätten wir doch mitbekommen, wenn jemand ins Haus gegangen wäre«, beruhigte ihn Bob.
»Bist du sicher?« Peter rieb sich am Hinterkopf.
Bob zuckte mit den Schultern. »Okay, du hast ja recht. Wir haben uns auf den Motor konzentriert. Schauen wir lieber nach!« Sie ließen das Auto offen stehen und liefen zurück zur Hütte.
»Justus?«
Niemand antwortete.
»Das gefällt mir gar nicht!«, sagte Peter und stürmte in das Haus. Mit einem Blick sah er, dass Justus nicht im ersten Zimmer war.
»Da liegt noch sein Rucksack«, sagte Bob nervös und nahm ihn an sich. »Das bedeutet nichts Gutes!«

Die beiden Freunde zögerten keine Sekunde und rannten nach nebenan. Doch auch hier: kein Justus!
»So ein Mist!«, stieß Bob heftig atmend aus. Der Strahl seiner Taschenlampe fiel auf die Stehlampe, die umgefallen war. »Das war es also, was ich gehört habe! Peter, die umgefallene Lampe deutet auf einen Kampf hin!«
»Aber wo soll Justus sein? Wenn er das Haus verlassen hätte, hätten wir es doch bemerkt!« Peter lief zum Bett und kniete sich auf den Boden. Bob tat es ihm nach und leuchtete in den Zwischenraum.
»Nichts«, sagte Bob, doch Peter meinte: »Warte mal.« Mit einer schnellen Bewegung zog der Zweite Detektiv etwas unter dem Bett hervor.
Bob erschrak: Es sah aus wie ein graues Tier.
»Eine Perücke!«, staunte Peter.
Sie hatten keine Zeit, lange über ihren Fund nachzudenken. Sie mussten sich um Justus kümmern. Aufmerksam ließ Bob den Strahl der Taschenlampe durch das Zimmer wandern. Irgendwo musste doch ein Hinweis stecken! Bobs Blick fiel auf das Bild und blieb am Rahmen hängen: Es sah aus, als ob hinter ihm etwas leuchtete!

Justus verliert die Kontrolle

»Ich frage dich ein letztes Mal: Wo ist mein Schatz?« Hunterman hatte sich vor Justus aufgebaut und bedrohte ihn mit seiner Pistole. »Okay. Du willst nicht. Ich habe Zeit, mein Junge. Ich warte, bis deine Freunde kommen. Irgendwann werdet ihr reden!«
Justus schwieg.
Hunterman stöhnte, ließ von Justus ab und legte sich auf das Bett. Die Pistole behielt er in der Hand.
»Sharkman«, begann Justus, »als Kind habe ich Sie bewundert. Wie Sie fast unsichtbar die Schiffe ausgeraubt haben. Elegant, geheimnisvoll. In der Regel hat Sie nie jemand dabei beobachtet. Sie mussten kaum Gewalt anwenden, wenn man mal von den Betäubungen absieht. Das war das Vorgehen eines Gentleman-Gangsters. Waren Sie so, Sharkman?«
Sharkman lag auf dem Bett und blinzelte Justus an. »Ja«, sagte er, »so war ich.«
»Warum sind Sie, entschuldigen Sie bitte, dass ich das so formuliere, jetzt so reizbar?«, fuhr Justus fort. »So laut, so wütend? Das passt gar nicht zu Ihrer Eleganz!«
Sharkman schwieg.
»Weil …«, begann Justus, doch er traute sich noch nicht zu sagen, was er dachte. Stattdessen sagte er: »Weil ich Ihr Versteck gefunden habe. Das verstehe ich.«
»Genau!«
»Sie sind doch damals mit dem Flugzeug gekommen?«
Sharkman nickte langsam.
»Vermutlich war man Ihnen auf der Spur und Sie mussten fliehen.«
»Ja.«

»Dabei kamen Sie an den Flughafen von Santa Antonia und entführten ein privates Flugzeug. Doch niemand wusste, dass Sie der Entführer waren, Sharkman, der Taucherdieb!«
»Niemand. Man brachte beide Fälle nicht in Zusammenhang. Ich habe die Polizei ausgetrickst. Sie hat mich in L. A. vermutet. Trotzdem hatte ich keine Zeit zu verlieren.«
»Diese Agentengeschichte ist also Quatsch?«
»Welche Agentengeschichte? Hat *er* das erzählt? Ich weiß nichts von Agenten!«
Justus nickte. »Mit dem Flugzeug wollten Sie über die Berge?«, fragte er weiter.
»Ich habe drüben bei Lake Gallay ein Haus«, sagte Sharkman. »Und eine Schwester.«
»Doch dann trat beim Fliegen ein Problem auf.«
»Ich war kein guter Pilot«, erzählte Sharkman. »Das Seitenruder klemmte. Ich bekam die Situation nicht in den Griff. Also entschloss ich mich notzulanden. Die Wiese kam mir gerade recht. Und ich habe es geschafft!«
Plötzlich spürte Justus einen leichten Luftzug. Er sah auf Sharkman, der offenbar nichts gemerkt hatte.
»Ich habe die verdammte Kiste runtergebracht«, wiederholte Sharkman. Er hatte die Augen geschlossen, als ob er sich genau erinnern wollte. »Es war nicht leicht, und es hat gekracht und geknallt, aber ich habe es geschafft!«
»Sie waren in Not, steckten mitten in der Natur, meilenweit weg von aller Zivilisation. Doch dann haben Sie in der Ferne die Hütte entdeckt. Sie verhieß Rettung. Und Ihren Schatz haben Sie mitgenommen. Auch Ihr Gepäck? Ihre Maske?«
Sharkman schüttelte den Kopf. »Nein. Bei der Landung habe ich mich verletzt. Ich konnte nichts tragen. Nur mein Geheimnis. Ich habe es versteckt. Die Maske hat sich später Hunterman geschnappt.« Er holte Luft. »Dieser Mistkerl!«

»Hunterman?«, entfuhr es Justus überrascht. »Der Hotelbesitzer? Was reden Sie denn da?«
»Ja. Dieses Schwein! Und meinen Schatz will er bis heute!« Sharkman brüllte jetzt fast.
Justus verstand überhaupt nichts mehr. Wieso beschimpfte Hunterman sich selbst? Hunterman war doch Sharkman! Seine ganze Theorie war im Eimer. »Aber ich dachte …«, stotterte Justus los, »… sind Sie nicht in die Rolle von Hunterman geschlüpft? Sie sind doch im Laufe der Zeit zu dem Hotelbesitzer geworden, oder? Haben Sie nicht seine Existenz angenommen? Lebt er überhaupt noch?«
Sharkman sprang auf. »Ich bin Sharkman!«, brüllte er. »Ich bin Max Dexter! Max Dexter ist Sharkman! Sharkman bin ich! Hast du das kapiert? Dieser elende Hotelbesitzer, ich hasse ihn!« Justus war perplex. Was machte Hunterman da?
Plötzlich war Sharkman völlig außer sich, fuchtelte mit seiner Pistole vor ihm herum und schrie: »Sag das nie wieder, hörst du? Sag das nie wieder!«
»Lassen Sie sofort Justus in Ruhe!«
Blitzartig drehte sich Sharkman um. Peter und Bob standen im Gang. In der Hand hielt Peter die Perücke, die er unter dem Bett gefunden hatte.
»Meine Haare«, stammelte Sharkman. Das Auftauchen der beiden Jungen hatte ihn vollkommen aus der Fassung gebracht. »Ich bin tot. Ich bin ein Geist, nichts als ein Geist, ich habe mich gemalt, das Bild habt ihr doch gesehen … wart ihr an meinem Grab?«
Dann sah er Peter an und sein Blick wurde starr und ausdruckslos. Er stammelte ein paar Wortfetzen, griff sich an die Stirn. »Ich bin tot … ich weiß nicht, wer ich bin«, sagte er und ließ die Pistole sinken. »Du …« – er zeigte auf Peter –, »du erinnerst mich so sehr an ihn.«

Peter ging langsam auf ihn zu. »An wen?«, fragte er ruhig.
»An mich … an ihn … an Max. An Max Dexter!« Plötzlich wurde der Mann wieder lauter. »Aber ich habe ihn nicht umgebracht! Wisst ihr? Ich war es nicht! Er war schon halb tot, als er ankam! Er starb mir unter den Händen weg!«
Peter stoppte. »Ich … wieso, was sagen Sie da alles?«
Sharkman schwieg, und in die Stille hinein sagte Justus: »Geben Sie bitte Peter die Pistole, Mr Hunterman. Bitte! Ich habe jetzt alles verstanden. Wir werden darüber reden.«
Hunterman schien verwirrt. Er drückte Peter, der immer noch unschlüssig vor ihm stand, die Pistole in die Hand und setzte sich auf den Bettrand. »Ich wollte euch den Schatz wegnehmen, ich weiß. Hätte das tun sollen. Es hat mich verrückt gemacht, all die Jahre.«
Bob kapierte überhaupt nichts mehr. Er sah Peter an, dann Justus. Sein Gesicht war ein einziges Fragezeichen. War der Kerl nun Sharkman, der Pilot, oder war er der Hotelbesitzer?
»Hunterman ist beides«, sagte Justus, als hätte er Bobs Gedanken gelesen. Alles passte zusammen, aber es war anders, als er gedacht hatte: »Hunterman möchte, dass wir den Schatz für ihn finden, und er will gleichzeitig, dass wir ihn für ihn wieder verstecken. Je nachdem, in welcher Rolle er gerade steckt. Denn ursprünglich ist er Hunterman, der Hotelbesitzer, der den Schatz jagt, aber manchmal ist er auch Dexter, den der Zufall in dieses Tal geführt hat.«
»Du meinst, Fynch Hunterman leidet an einer Persönlichkeitsstörung?«, fragte Bob.
Peter sah in fragend an.
»In ihm leben zwei Persönlichkeiten«, erkärte Bob. »Justus meint, dass Hunterman mit seinem zweiten Ich Jack ist: der Mann von der Hütte, Taucherdieb und Pilot.«
Justus nickte. »Ja, das denke ich.«

Späte Gäste

Hunterman sah auf. »Hört mit dem Gerede auf!«, sagte er. Auch wenn in seiner Stimme eine Drohung mitklang, wirkte er dennoch friedlich. Fast schon, als ob er froh wäre, endlich mit jemandem über alles sprechen zu können. »Ich habe Dexter nicht getötet«, wiederholte er noch einmal. »Hab ihn bei der Hütte gefunden. Dorthin hatte er sich gerettet. Er war schwer verletzt, erzählte mir von dem Absturz und diktierte mir dieses Rätsel. Wusste zunächst gar nicht, worum es ging. Ich sollte es seiner Schwester sagen, wenn sie kam, um nach ihm zu suchen.«

»Ist sie je hier gewesen?«

Hunterman schüttelte den Kopf. »Niemand wusste, dass der Pilot Sharkman war«, sagte er. »Sie hat es nie erfahren. Ich war der Einzige, der die Identität des Piloten kannte.«

»Nachdem Dexter gestorben war, sind Sie zum Flugzeug aufgebrochen und haben die Maske in dem Flugzeugwrack gefunden«, sagte Justus. »Und wahrscheinlich noch weitere Beweise. Und plötzlich wussten Sie, um wen es sich bei dem seltsamen Piloten handelte. Nämlich um Sharkman, den berühmten Dieb. Nur eins entdeckten Sie nicht: seine Beute! Reichtümer, seltene Schmuckstücke! Und die wollten Sie unbedingt haben.«

»Ja. Ich kannte die Zeitungsberichte über ihn und seine perfekten Taten. Das Rätsel, die Maske. Ich zählte eins und eins zusammen. Und begann zu suchen.«

»Sie suchten und suchten«, sagte Justus. »Immer heftiger, es wurde zu Ihrem einzigen Lebensinhalt. Doch Sie konnten das Rätsel nicht lösen. Immer mehr dachten Sie sich in die Person von Max Dexter ein. Wie hatte er gehandelt, nachdem er not-

gelandet war? Welchen Weg hatte er gewählt? Wie kam er auf das Rätsel und auf das Versteck? Mit der Zeit nahmen Sie unmerklich seine Eigenheiten an, wie seine Art zu sprechen, seinen Ordnungssinn, das Zigarettenrauchen. Mr Hunterman: Ein Teil von Ihnen wurde zu Max Dexter!«
»Ja, ja, ja!« Hunterman stöhnte auf. Er schien gar nicht so genau zu begreifen, wovon Justus sprach, aber er ahnte es. »Und gestern seid ihr in mein Hotel gekommen«, lenkte er ab. »In eurem Gepäck hab ich Visitenkarten gefunden. Weiß den Text auswendig:

Detektive! Eine tolle Sache! Da dachte ich mir: Einen Versuch ist es wert! Lass sie doch mal ganz frisch rangehen!« Er grinste schief. »Habe euch ein paar Köder vorgeworfen. Und ihr habt mich nicht enttäuscht! Ihr habt euch auch von Max Dexter nicht unterkriegen lassen und das Rätsel geknackt!«
»Moment!«, sagte Justus, der spürte, wie die Sucht nach dem Diebesgut wieder Oberhand über Hunterman gewann.
»Max Dexter waren Sie doch auch. Mr Hunterman! Sie können die Rollenwechsel wahrscheinlich gar nicht mehr kontrollieren! Und immer, wenn Sie sich als Dexter gefühlt haben,

haben Sie uns angegriffen, um zu verhindern, dass wir das Versteck finden! Denn dessen Persönlichkeit wollte das Versteck natürlich schützen. Was mich sehr interessiert: Was haben Sie damals mit dem richtigen Max Dexter angestellt?«
»Ja, Max«, sagte Huntermann. Er schwieg. Man sah ihm an, dass ihn das Gespräch quälte. »Ich habe ihn begraben. Bei der Hütte. Er starb, bevor ich Hilfe holen konnte. Wir hatten damals noch viele Gäste im Hotel. Auch meine Frau war noch da. Dieser Gang hier, in dem ihr euch befindet – er war für die Gäste geöffnet. So konnten sie auf die andere Seite des Berges gelangen. In der Nähe ist ein See, da haben viele gerne gebadet. Doch an dem Tag war ich allein hier. Hab Müll verbrannt. Dort, am Waldrand. Dann hat sich Dexter angeschleppt. Ich hab ihm geholfen, so gut es ging, aber er hat wohl geahnt, dass er nicht mehr lange leben würde.«
Ohne dass Hunterman es mitbekam, stieß Peter Bob in die Seite. »Mir ist das alles unheimlich! Sollen wir nicht besser abhauen, bevor er in seiner Einbildung plötzlich wieder zu Max Dexter wird und auf uns losgeht?«
»Wird er nicht«, flüsterte Bob, »zumindest nicht, solange du da bist. Du scheinst dem Meisterdieb ähnlich zu sehen. Deswegen sieht Hunterman dich immer so an. Wenn er dich wahrnimmt, bleibt er Hunterman. Also unterstehe dich, zu verschwinden!«
Doch auch Justus schien daran zu denken, den Ort zu verlassen und Hilfe zu holen. »Mr Hunterman, würden Sie die Handschellen bitte aufschließen?«, fragte er.
Hunterman machte eine Handbewegung zur Hosentasche. Doch dann hielt er inne. »Gib mir den Schatz!«, sagte er barsch.
Einen Moment lang herrschte Schweigen.
»Schatz gegen Schlüssel.«

Langsam hob Peter die Pistole. »Schließen Sie Justus frei!«
»Du wirst nicht abdrücken«, sagte Hunterman.
»Lassen Sie es nicht darauf ankommen, Mister!«
»Wartet!«, ging Justus dazwischen. »Immer mit der Ruhe! So kommen wir nicht weiter. Schatz gegen Schlüssel, okay. Aber seien Sie nicht enttäuscht, Mr Hunterman. Wir haben nichts als ein weiteres Rätsel gefunden. Dachten Sie, Sharkman hätte Säcke von Schmuck und Geld bei sich getragen?«
Huntermans Atem ging schneller. »Her damit!«
»Erst den Schlüssel! Bevor ich nicht die Hände frei habe, komme ich sowieso nicht dran. Ich verspreche Ihnen, Mr Hunterman, Sie bekommen das Rätsel!«
Mit zitternden Händen zog der Hotelbesitzer den Schlüssel für die Handschellen hervor. Bob nahm sie ihm ab und schloss die Handschellen auf. Justus rieb sich kurz die Handgelenke, dann öffnete er das Geheimfach seines Gürtels. Der Daten-Chip steckte gleich vorne. Mit zwei Fingern zog ihn Justus heraus und reichte ihn unter den erstaunten Augen von Peter und Bob an Hunterman weiter. »Hier ist das, wonach Sie jahrelang gesucht haben«, sagte Justus feierlich. »Sie werden sehen, es ist eine weitere verschlüsselte Botschaft.«
Jetzt begriff Bob. Justus hatte eine Kopie der Daten auf seinem Notebook. Und den Schlüssel, den sie gefunden hatten, hatte er auch behalten. Umso fester klemmte er Justus' Rucksack an sich.
Hunterman stand da und starrte auf den Chip. »Mehr war es nicht?«, fragte er enttäuscht.
»Los!«, befahl Justus.
Sie rannten. Es war nicht mehr weit, dann hatten sie die Stahltür erreicht, die in die Küche des Hotels führte. Von innen ließ sie sich problemlos öffnen. Erleichtert betraten die drei ??? das Hotel. Hunterman hatte sie nicht verfolgt.

»Wie kommen wir hier möglichst schnell weg?«, fragte Bob hektisch.
»Ich fürchte, wir müssen wandern«, antwortete Justus. »Etwas anderes bleibt uns nicht übrig. Hierbleiben möchte ich auf keinen Fall. Wer weiß, zu was Hunterman noch alles in der Lage ist, wenn er sich nicht mehr im Griff hat. Außerdem braucht Hunterman dringend psychologische Hilfe. Zur Not laufen wir eben die ganze Nacht durch!«
»Können wir nicht wenigstens ein Mal Glück haben?«, fragte Peter. »Und Inspektor Cotta kommt mit dem Hubschrauber, um uns abzuholen?«
»Nette Idee«, sagte Justus. »Ich würde ihn ja auch gerne anrufen, doch leider ist das Telefon am Empfang kaltgestellt.«
»Ich probiere es noch mal aus«, entschied Bob. Sie liefen zum Empfang und Bob nahm den Hörer auf. Natürlich kein Ton. In dem Moment vernahmen sie ein Motorengeräusch.
»Das Motorrad!«, rief Peter. »Die beiden von vorhin kommen zurück!«
Wenig später sahen die drei ??? im schwachen Widerschein der Lampe, wie eine Frau und ein Mann die Glastür öffneten.
»Das ist ja das Ende der Welt hier!«, schimpfte der Mann, als er eintrat. »Kein Handyempfang und dir ist es zu gruselig zu zelten! Haben Sie noch ein Zimmer für uns?«
Justus deutete auf das Schlüsselbord. »Mehr als genug. Doch ich befürchte auch, hier werden Sie sich nicht wohlfühlen!«
»Warum?«, fragte die Frau misstrauisch.
»Das Hotel gehört einem … Psychopathen, der einen verunglückten Piloten vergraben hat«, antwortete Justus.
Die Frau unterdrückte einen Schrei und der Mann sagte: »War bestimmt nur ein böser Scherz, Cynthia.«
»Leider nein«, widersprach Justus. »Wir brauchen Ihre Hilfe. Fahren Sie mich bitte zur nächsten Polizeistation.«

Eine Postkarte für Kelly

Je höher sie kamen, desto lichter wurde der Nebel. Schon brach die Sonne hervor, und vergnügt lenkte Peter das Auto durch die unzähligen Serpentinen der Aunella Mountains. Eine Woche war inzwischen vergangen. Justus und Bob saßen auf der hinteren Bank und schauten angestrengt aus dem Fenster, damit ihnen von den vielen Kurven nicht schlecht wurde. Kommissar Cotta hatte neben Peter Platz genommen und sich das eine oder andere Detail der Geschichte noch einmal erzählen lassen.

»Wie geht es Mr Hunterman inzwischen?«, fragte Peter.

»Nun, er ist nach wie vor in der psychiatrischen Klinik. Die Ärzte sprechen von einem besonders schweren Fall von Persönlichkeitsstörung. Er hat sich immer mehr in Max Dexter versetzt, um herauszufinden, wo er den Schatz versteckt haben könnte. Er war vollkommen fixiert darauf und wurde immer verrückter. Er hat sogar das Wasser des Bergbachs umgeleitet, um die Felswände in der Schlucht zu untersuchen! Monat für Monat hat sich Hunterman weniger um das Hotel gekümmert, schließlich wurde es auch seiner Frau zu viel und sie hat ihn verlassen. Sie lebt inzwischen ohne Kontakt zu Hunterman in Santa Barbara und betreibt dort eine kleine Pension.«

»War ihm die ganze Zeit bewusst, dass er noch in die Rolle eines anderen Menschen schlüpfte?«

»Er ahnte es. Wahrscheinlich war es auch eine Art versteckter Hilferuf, dass er euch in das Hotel gelenkt hat.«

»Und was passiert jetzt mit ihm?«

»Erst mal muss er geheilt werden. Ihn zu bestrafen wird nicht einfach. Einen Schatz darf man suchen. Wenn er ihn behalten hätte, hätte er sich natürlich strafbar gemacht.«

»Er hätte die Schwester von Max Dexter informieren müssen«, sagte Bob. »Das hat er nicht getan!«
»Aber kann er dafür belangt werden? Allerdings dafür, dass er einfach die Leiche vergraben und nicht die Polizei informiert hat. So was muss man gleich melden! Das gilt übrigens auch hin und wieder für euch!« Er lachte. »Die Autopsie von Max Dexters Leiche hat übrigens Huntermans Angaben bestätigt, sofern man das nach der langen Zeit überhaupt noch sagen kann. Dexter hatte bei der Notlandung wohl schwere Verletzungen erlitten, an denen er gestorben ist.«
Peter erreichte die Kreuzung, von der aus die kleine Straße abging, die zum Hotel führte. Bei Sonnenschein sah alles viel freundlicher aus.
Peter bog ab und fragte: »Haben Sie die Schwester gefunden?«
Cotta nickte. »Sie hatte keine Ahnung, dass ihr Bruder Sharkman war. Sie dachte, er sei einfach immer viel auf Geschäftsreise gewesen. Sie hatte geplant, irgendwann mit ihm in die Karibik zu ziehen und dort eine Tauchschule zu eröffnen.«
»Wie hat sie auf alles reagiert?«, fragte Justus.
Cotta lachte. »Ihr fragt einem ja richtige Löcher in den Bauch! Aber ich verstehe es ja. Schließlich habt ihr einen der berühmtesten ungelösten Kriminalfälle geklärt und das Rätsel um den geheimnisvollen Sharkman aufgedeckt! – Im Grunde genommen war sie froh. Schon seit Jahren ahnte sie, dass Max wohl etwas zugestoßen sein musste. Sie hat ihn als vermisst gemeldet. Nun hat sie endlich Gewissheit, auch wenn die Wahrheit nicht ganz einfach für sie gewesen ist.«
»Bleibt noch die Frage nach …«, begann Justus, aber Cotta unterbrach ihn gleich: »Dich interessiert der Schatz, nicht wahr? Die Beute von Sharkman?«
Justus nickte. Gerade fuhren sie über die Brücke. Die Holzbohlen klackerten laut.

»Mit deinen Vermutungen hast du richtiggelegen«, sagte Cotta. »Auf dem Daten-Chip befinden sich Hinweise auf Schließfächer auf den Kaimaninseln, in der Schweiz, weltweit. Der Schlüssel, den ihr gefunden habt, führte zu einem Fach, in dem die weiteren Schlüssel und Kennworte deponiert waren. Meine Kollegen in der ganzen Welt sind dabei, sich überall Zugang zu verschaffen. Da wird ganz schön was zusammenkommen, denke ich. Von seiner Beute hätte Max Dexter wahrscheinlich mehr als eine Tauchschule aufmachen können, doch offenbar konnte er einfach nicht davon ablassen, nachts teure Luxusjachten anzutauchen und auszurauben. Für euch wird es natürlich Finderlohn geben – und der wird nicht von schlechten Eltern sein.«
»Dass Justus ein altes Rätsel aus seiner Kindheit gelöst hat, ist ihm Lohn genug«, bemerkte Peter grinsend.
»Na ja«, sagte Justus, »ganz so hätte ich es nicht formuliert.«
Cotta lachte.
Sie hatten das Hotel erreicht. Sonnenbeschienen strahlte ihnen der verwitterte Schriftzug »King of the Mountain« entgegen.
Vor der Hauswand stand noch das Auto, das die drei ??? hatten überführen sollen. Peter parkte, stieg aus und streckte sich erst einmal. Dabei fiel sein Blick auf die platten Reifen des Chryslers. Grinsend wandte er sich an Justus und Bob, die müde in die Sonne blinzelten. »Ich gehe schon mal rein und suche Kelly eine von den alten Postkarten aus. Habe ich ihr versprochen. Währenddessen könnt ihr die neuen Reifen abladen, oder? Schließlich bin ich die ganze Strecke gefahren!«
Bob stöhnte auf, aber dann schmunzelte er. »Okay«, sagte er. »Wenn du sie wechselst …«

Die drei ???® ... ihre großen Fälle!

Jeder Band €/D 7,95
Preisänderung vorbehalten

- ☐ Angriff der Computerviren 978-3-440-11674-6
- ☐ Fußball-Gangster 978-3-440-11675-3
- ☐ Vampir im Internet 978-3-440-11676-0
- ☐ Gift per E-Mail 978-3-440-11680-7
- ☐ und der Schatz der Mönche 978-3-440-11681-4
- ☐ Auf tödlichem Kurs 978-3-440-11685-2
- ☐ Das düstere Vermächtnis 978-3-440-11687-6
- ☐ und der Geisterzug 978-3-440-11692-0
- ☐ Spur ins Nichts 978-3-440-11693-7
- ☐ Fußballfieber 978-3-440-11691-3
- ☐ Geister-Canyon 978-3-440-11690-6
- ☐ SMS aus dem Grab 978-3-440-11695-1
- ☐ Schatten über Hollywood 978-3-440-11696-8
- ☐ Schwarze Madonna 978-3-440-11694-4
- ☐ Fluch des Drachen 978-3-440-11698-2
- ☐ Spuk im Netz 978-3-440-11697-5
- ☐ Haus des Schreckens 978-3-440-11699-9
- ☐ Fluch des Piraten 978-3-440-11701-9
- ☐ Fels der Dämonen 978-3-440-11700-2
- ☐ Der tote Mönch 978-3-440-11703-3
- ☐ und das versunkene Dorf 978-3-440-11705-7
- ☐ Die geheime Treppe 978-3-440-11704-0
- ☐ Das Geheimnis der Diva 978-3-440-11708-8
- ☐ und die Fußball-Falle 978-3-440-11706-4
- ☐ Stadt der Vampire 978-3-440-11707-1
- ☐ Zwillinge der Finsternis 978-3-440-11548-0
- ☐ und die Poker-Hölle 978-3-440-11567-1
- ☐ Tödliches Eis 978-3-440-11568-8
- ☐ Grusel auf Campbell Castle 978-3-440-11920-4
- ☐ Die Rache der Samurai 978-3-440-11906-8
- ☐ Der Biss der Bestie 978-3-440-11919-8
- ☐ Das Gespensterschloss 978-3-440-11921-3
- ☐ Schwarze Sonne 978-3-440-11875-7
- ☐ und die feurige Flut 978-3-440-11876-4
- ☐ Der namenlose Gegner 978-3-440-11877-1
- ☐ Geisterbucht Trilogie; €/D 14,95 978-3-440-12144-3
- ☐ und das Fußballphantom 978-3-440-11840-5
- ☐ Skateboardfieber 978-3-440-11842-9
- ☐ Botschaft aus der Unterwelt 978-3-440-11845-0
- ☐ und der Meister des Todes 978-3-440-11846-7
- ☐ Im Netz des Drachen 978-3-440-11847-4
- ☐ Im Zeichen der Schlangen 978-3-440-12491-8
- ☐ und der Feuergeist 978-3-440-12492-5
- ☐ Nacht der Tiger 978-3-440-12334-8
- ☐ und die Geisterlampe 12 Kurzgeschichten 978-3-440-12328-7
- ☐ Die blutenden Bilder 978-3-440-12329-4
- ☐ und der schreiende Nebel 978-3-440-12333-1
- ☐ Geheimnisvolle Botschaften 978-3-440-12324-9

kosmos.de/die_drei_fragezeichen